a través
de cien
montañas

a través de cien montañas

novela

REYNA GRANDE

ATRIA BOOKS
New York London Toronto Sydney

ATRIA BOOKS
1230 Avenue of the Americas
New York, NY 10020

Este libro es una obra de ficción. Los nombres, personajes, lugares e incidentes son productos de la imaginación de la autora o se utilizan de manera ficticia. Cualquier semejanza con acontecimientos, lugares o personas reales, vivas o muertas, es pura coincidencia.

ISBN-13: 978-1-4165-4474-6
ISBN-10: 1-4165-4474-7

Primera edición en rústica de Atria Books, mayo 2007

10 9 8 7 6 5 4 3 2 1

ATRIA BOOKS es un sello editorial registrado de Simon & Schuster, Inc.

Impreso en los Estados Unidos de América

Para obtener información respecto a descuentos especiales en ventas al por mayor, diríjase a *Simon & Schuster Special Sales* al 1-800-456-6798 o a la siguiente dirección electrónica: business@simonandschuster.com

A mi hijo, Nathaniel,

y a todos aquellos

que han fallecido intentando

cruzar para "el otro lado"

a través

de cien

montañas

adelina

—Ésa es la tumba de tu padre —repitió el viejo, en una voz casi inaudible. Había permanecido silencioso durante la mayor parte del cruce. Cuando tenía que hablar, lo hacía calladamente, como si ese lugar fuera tan sagrado como una iglesia.

La frontera estadounidense.

Adelina miró el montón grande de piedras que él estaba señalando. El viejo tenía que estar equivocado. Su padre no estaba debajo de esas piedras. No podía estarlo.

Adelina se limpió el sudor de la frente con el dorso de la mano. Luego se puso la mano como un visor para proteger sus ojos del brillo del sol. Dio unos pasos hacia adelante hasta quedar bajo la sombra de la peña que se elevaba sobre ellos y el montón de piedras.

¿Sería posible que su padre estuviera enterrado ahí?

A Adelina se le hizo un nudo en la garganta. Tenía la boca seca, y tragar saliva le lastimaba la garganta, como si estuviera comiéndose una tuna con todo y espinas. Sintió que las lágrimas le quemaban los ojos y rápidamente se los secó.

—No es demasiado tarde para darnos la vuelta y devolvernos —dijo el viejo—. Tal vez sería lo mejor.

Adelina respiró profundamente, luego volteó a mirar los arbustos y matorrales esparcidos a su alrededor. La tierra parecía no tener fin. Les había tomado casi todo el día en llegar aquí. Esta vez no habían sido descubiertos por la migra.

Adelina volteó a mirar al viejo. Tenía que haber sido un buen coyote en sus viejos tiempos cuando era joven y ágil. Aun ahora, a sus sesenta años, con un ojo ciego y una rodilla lastimada, había logrado traerla hasta aquí, escapando de los ojos vigilantes de la migra en este su segundo intento.

—Ya nos podemos ir de regreso —dijo el viejo otra vez—. Ya has visto su tumba, espero le baste con esto.

Adelina negó con la cabeza y empezó a caminar hacia las piedras.

—Yo no vine a mirar una tumba. —Se quitó la mochila que traía en su espalda y agregó—: Yo vine a encontrar a mi padre y me lo llevaré conmigo, aunque tenga que cargar sus huesos en mi espalda.

El viejo la miró con sorpresa. Adelina no le miró el ojo café, el ojo bueno. Le miró el izquierdo, que estaba cubierto con un parche azul. Había descubierto que ésta era la única manera de hacer que el viejo desviara la mirada. El viejo volteó a mirar las piedras y no dijo nada.

Pero Adelina sabía lo que él estaba pensando. Ella le había mentido. No le había dicho que estaba planeando desenterrar el cuerpo y, si en verdad era su padre, se lo llevaría. Él no la habría traído si ella le hubiera dicho eso.

Adelina se agachó y empezó a levantar las piedras una por una. ¡Tantas piedras encima de él! ¡Tanto peso que aguantar! Quizá cuando las piedras desaparecieran, quizá cuando él estuviera libre, ella también lo estaría.

—Puede que ni sea él —dijo el viejo agarrándole el brazo para evitar que quitara más piedras.

—Lo tengo que saber —dijo Adelina—. Por diecinueve años no he sabido qué le pasó a mi padre. Usted no tiene idea lo que es vivir así, sin saber. Hoy sabré la verdad. Adelina jaló el brazo. El viejo la soltó y ella continuó levantando más piedras. El viejo se alejó de ella.

Adelina trató de apurarse. Fue levantándolas una por una. Algunas piedras rodaron hacia abajo y le golpearon las rodillas. Tenía los dedos lastimados y le empezaron a doler. Todavía existía la posibilidad de que el viejo tuviera razón. Tal vez no era su padre. ¿Pero qué sería peor, que lo fuera o que no lo fuera?

¡Diecinueve años sin saberlo! Demasiados años pensando que él las había abandonado.

—¡Mira! —gritó el viejo.

Adelina giró la cabeza y vió una nube de polvo ascendiendo en la distancia.

—La migra —dijo el viejo—. Tenemos que escondernos.

Adelina volteó a ver las piedras y con desesperación empezó a tirarlas contra la peña. El sonido resonó contra el polvo acumulado. Ella tenía que saber quién estaba enterrado allí. Tenía que mirar por sí misma si en verdad era su padre.

—¿Qué estás haciendo? ¡Escóndete! —El viejo rápidamente se dirigió hacia una grieta en la peña, pero Adelina continuó quitando las piedras y no se movió de donde estaba.

—Déjelos que vengan —dijo Adelina—. Deje que la migra nos encuentre. Tal vez nos puedan ayudar a llevarnos de regreso los huesos de este hombre.

Adelina respiró con dificultad. Rápidamente quitó más piedras y desenterró una pequeña cruz de metal. Se cubrió la boca con la mano para ahogar un grito. Miró directamente al ojo cielo del viejo pero esta vez el no desvió la mirada.

—Es un rosario blanco con cuentas de corazón, ¿verdad? —preguntó el viejo.

Adelina asintió con la cabeza y miró la cruz mohosa, las cuentas blancas en forma de corazón, los huesos que alguna vez fueron una mano.

El viejo no había mentido.

—Estaba apretando el rosario bien fuerte cuando lo descubrí muerto, ahí donde está ahorita —dijo el viejo—. Parecía que había estado rezando hasta su muerte. Rezando, tal vez, por un milagro.

—¡Ese coyote hijo de puta lo dejó aquí a que se muriera! —gritó Adelina.

—A tu padre lo mordió una culebra. El coyote probablemente lo dejó aquí pa' que la migra lo encontrara. Mira, ya vienen ahora.

Adelina se dio la vuelta y miró un vehículo blanco aproximarse. La migra había llegado. Solo que llegaban diecinueve años tarde para salvar a su padre.

juana

México

Juana miró a su madre parada en el umbral de la puerta. Amá intentaba ver más allá del camino a través del aguacero, esperando que Apá apareciera. Había permanecido allí por más de una hora, mientras la lluvia llenaba los charcos afuera. Juana mecía la hamaca dentro de la choza, tarareándole una canción a su hermanita Anita, que no se dormía. Era como si Anita también estuviera esperando que Apá llegara a casa.

La oscuridad cayó y la lluvia continuó. Juana se acostó en su catre, preguntándose dónde estaba Apá. Él era campesino y trabajaba sembrando y cosechando maíz al otro lado del río. Juana sabía que de vez en cuando él se demoraba si alguien se lastimaba con un machete o era picado por una culebra. Algo le podía haber pasado a su padre. ¿Por qué entonces nadie venía a avisarles?

Amá suspiró y apretó más fuerte el rebozo con el que se

abrigaba. Su vestido estaba mojado, sus piernas estaban salpicadas de lodo, pero aun así, ella se exponía a la intemperie, refugiándose en el frío, rehusando entrar a la choza a comer un plato de frijoles.

—Tu padre no llega —le dijo a Juana, mirando una vez más el camino hasta que finalmente entró en la choza.

Amá se dirigió hacia el altar en la esquina donde brillaban muchas estatuas de santos bajo la luz de las velas. Sacó el rosario de su sostén y suavemente acarició las cuentas negras y brillantes.

—Pos tal vez él no pueda cruzar el río —dijo Juana, reuniéndose con su madre ante el altar.

Ella sabía que a veces cuando llovía fuerte, el río se llenaba de tanta agua, que era imposible que alguien cruzara. A veces crecía tanto, que el agua rebosaba deslizándose dentro de las chozas como una ladrona.

Amá asintió con la cabeza, luego se arrodilló en el piso de tierra y se persignó. Juana observó la luz de la vela oscilando sobre el rostro de la Virgen de Guadalupe. Cogió su rosario y besó la cruz de metal que colgaba de él. Apá le había regalado ese rosario en el día de su primera comunión, hacía un año y medio, en su décimo cumpleaños.

—Ave María Purísima —dijo Amá.

—Sin pecado concebida —añadió Juana.

Sus voces llenaron la choza y arrullaron a Anita hasta que se durmió. Mientras rezaban, Juana se sentía agradecida de que sus voces ahogaran el ruido de la lluvia imperdonable que golpeaba contra el techo de láminas de cartón.

La lluvia no quería ser silenciada por sus rezos. Los truenos sacudían las paredes, haciendo que los palos de bambú traquetearan como huesos mojados. Juana rezó más fuerte, por si acaso la Virgencita no la pudiera escuchar claramente. Después de un rato, la garganta le dolía y Apá aún no llegaba.

Los rezos de Juana se hicieron más y más suaves, hasta que se convirtieron en susurros; Juana solamente repetía una que otra palabra que su madre decía. Después, finalmente, sólo era su madre quien rezaba.

Los ojos de Juana se querían cerrar. Había estado arrodillada por tanto tiempo que ya no podía sentir sus rodillas, pero no podía dejar a Amá sola esperando a su padre. La imagen de la Virgen se puso borrosa. Su cuerpo se ladeó y su rosario cayó sobre el piso de tierra.

—Vete a la cama —dijo su madre con una voz ronca—. Ya has hecho tu parte, mija.

Juana negó con la cabeza y abrió la boca para decir otro rezo, pero ya no podía pensar en ninguno.

—Vete a dormir. Te despertaré cuando Apá llegue a casa.

Amá persignó a Juana y trató de ayudarla a levantarse. Juana no se pudo parar, sino que gateó hasta su catre, teniendo cuidado de no derramar las ollas que Amá había colocado alrededor de la choza para recoger las goteras del techo.

Juana estaba empapada cuando despertó. Por un breve instante, se sintió avergonzada, pensando que se había orinado en la cama. Su madre estaba de pie al lado del catre, sosteniendo una vela. Aun con la luz débil de la vela, Juana podía ver que la choza estaba inundada de agua.

—El río se ha desbordado —dijo Amá—. Debemos subirnos en la mesa.

Amá cargaba a Anita con un brazo. El agua le llegaba hasta

las caderas y Juana notó que el vestido mojado de Amá se adhería a ella como si tuviera miedo.

Amá se dio la vuelta y se dirigió hacia el pequeño comedor. El cuerpo de Juana tembló al meter sus piernas en el agua fría. El agua le llegaba hasta la cintura. Se guió por la luz de la vela que su madre sostenía y rápidamente se encaminó hacia la mesa, empujando fuera de su camino vasos de plástico, ropa, pedazos de cartón, tortillas, flores, y candeleros. Miró hacia el altar, pero solamente vio más agua.

Juana se subió a la mesa junto a su madre. Las dos subieron los pies y se sentaron sobre las piernas.

—Es el río que no deja a Miguel llegar a casa —dijo Amá.

Juana asintió con la cabeza. Se preguntó si Apá sabía que la choza estaba inundada. Esperaba que pronto él intentara cruzar el río y viniera por ellas para llevarlas al pueblo, a la casa de su madrina. Allí estarían secas y protegidas del frío.

Juana se recargó contra su madre y escuchó los ruidos que Anita emitía al amamantarse del pecho grande y redondo de Amá.

—No te preocupes, mija —dijo Amá—. Tu padre llegará pronto por nosotras. Mañana la lluvia parará y las aguas del río bajarán.

La lluvia continuó, y las aguas del río no retrocedieron. Ahora sus cuerpos se estremecían y sus estómagos gruñían, y ellas no podían hacer nada. Sólo Anita estaba abrigada dentro del rebozo de su madre. Sólo su estómago estaba apaciguado por la leche materna. Juana se apretó fuerte el estómago y trató de no pensar en lo hambrienta y fría que estaba, o en lo pesado que se sentían sus párpados. Sólo pensó en Apá. Pronto llegaría por ellas, pronto estarían en la casa de su madrina, tomando todos una taza de chocolate.

Un poco después del amanecer, todavía no había señal de Apá. Amá se desplazó por el agua y abrió la puerta de un tirón. El cielo todavía estaba cubierto de nubes y la lluvia ahora se había convertido en una llovizna.

—Iré a buscar ayuda —dijo Amá. Regresó al lado de Juana y le entregó a la bebé.

—Pero Amá…

—Debo tratar de llegar a la casa de don Agustín. Está más pa'llá del río. Ellos tienen un bote. Tal vez nos puedan cruzar pa'l otro lado.

Juana tomó a su hermana y la apretó contra ella. La bebé soltó un grito y extendió los brazos hacia su madre.

Amá negó con la cabeza.

—Quédate con tu hermana, Anita. Mami regresará pronto.

Juana bajó la cabeza, Amá la persignó y la bendijo. Amá se quitó el rebozo y lo colocó sobre Anita.

—No tardaré, Juana. Cuida harto a tu hermana. Agárrala bien fuerte y no la sueltes.

—No lo haré, Amá —dijo Juana, apretando más a Anita. Se recargó contra la pared y se quedó muy quieta encima de la mesa. Amá las miró una vez más y luego luchó para regresar a la puerta, salpicando el agua lodosa al marcharse.

Juana miró que los círculos en el agua que su madre había hecho se hacían más y más pequeños. Pronto el agua se asentó otra vez y se puso tan quieta, que parecía como si su madre nunca hubiera caminado en ella.

«...Dios te salve María, llena eres de gracia, bendita eres entre todas las mujeres y bendito es el fruto de tu vientre, Jesús. Amén». Juana se mojó los labios con la lengua. Tenía la garganta seca, pero aún continuó rezando porque cada vez que paraba podía oír la lluvia caer nuevamente. ¿Por qué no podía dejar de llover?

Anita despertó otra vez y empezó a hacer ruidos con la boca. Se acercó más a Juana, buscando los pechos de su madre.

—Ya, ya, Anita, duérmete otra vez —Juana meció a Anita. Anita soltó un gemido fuerte y sacudió los puños en el aire—. Duérmete Anita, duérmete.

Los llantos de la bebé dejaron los oídos de Juana zumbando. Empezó a rezar otra vez, deseando que el sonido de su voz arrullara a su hermana de nuevo. Aun así, Anita lloraba y lloraba. Juana metió su dedo dentro de la boca de Anita. Anita lo agarró e inmediatamente empezó a chuparlo. Juana sonrió al sentir el cosquilleo en la punta del dedo, pero de repente, Anita empujó el dedo y soltó otro grito fuerte.

«Por favor venga pronto, Apá», dijo Juana una y otra vez.

Sus párpados se empezaron a cerrar. Trató de tomar un poco de agua para salpicársela en la cara, pero no la podía alcanzar. Apretó a Anita fuerte con una mano y con la otra se empujó hacia la orilla de la mesa. Su mano se deslizó y por poco se cae.

Después de lo que pareció una eternidad, Anita finalmente se durmió chupando su pequeño puño. El ruido de la lluvia cayendo en el techo empezó a penetrar la mente soñolienta de Juana. Todavía estaba lloviendo. Amá aún no había regresado.

El cuerpo de Juana se estremeció. Parecía que su estómago se empezaba a comer a sí mismo y sentía como si los párpados estuvieran atados a piedras. Juana abrió el ojo izquierdo con una mano mientras que con la otra sujetaba a Anita. El ojo derecho se cerró, exigiendo dormir. Juana se preguntó si era posible dejar que el ojo derecho durmiera mientras el ojo izquierdo vigilaba.

«No debo dormirme», se dijo a sí misma. «No debo dormirme. No debo».

adelina

Adelina escuchó los sonidos dentro del avión. A su alrededor la gente roncaba. Hasta el hombre sentado a su lado estaba inclinado hacia atrás en su asiento, con los ojos cerrados mientras el pecho le subía y le bajaba al ritmo de sus ronquidos. El sonido era agobiante, pero Adelina no estaba irritada. Trató de imaginar que esos ruidos los emitía ella, que era ella quien estaba disfrutando de un buen sueño.

Sueño.

Hasta pensar en esa palabra dolía.

El hombre sentado a su lado se recargó en ella y roncó fuertemente en su oído. Adelina no lo hizo a un lado. El sonido le recordaba a su padre. Alguna vez él también había disfrutado de un buen sueño como ése.

Adelina bajó la mirada hacia la caja de madera que tenía en las piernas y la apretó contra sí. Las cenizas de su padre. Su redención. Quizás después de entregarle las cenizas a su madre moribunda ya no habría más demonios que la persiguieran y ella podría poner su cabeza en una almohada y dormir.

Finalmente dormir.

juana

—Juana, despierta, despierta.

Juana abrió los ojos. Apenas podía ver a su madre inclinándose sobre ella. Estaba oscuro en la choza y ella se preguntó qué hora sería.

—¿Cómo está mi Juanita?

—¡Apá! —gritó Juana. Detrás de Amá, su padre y otros dos hombres estaban de pie en el agua. Juana extendió sus brazos hacia él para que viniera y la abrazara. El rebozo que estaba en sus piernas cayó al agua, y fue entonces cuando Juana se dio cuenta que algo le faltaba. ¿Qué había estado sujetando tan firmemente justo antes de quedarse dormida?

—Juana, ¿dónde está tu hermana? —preguntó Amá.

Juana se restregó los ojos soñolientos. Amá la sujetó de los hombros y la sacudió. —¿Dónde está Anita, Juana? ¡Contéstame!

—¿Dónde está tu hermana? —preguntó Apá al tomar un paso al frente. Juana bajó la mirada hacia el agua, pero era muy difícil ver algo en la oscuridad.

Juana se cubrió los oídos para bloquear los gritos de su

madre. Amá se dejó caer de rodillas y frenéticamente aleteó los brazos, salpicando el agua al buscar en ella. Apá y los otros hombres se agacharon e hicieron lo mismo. Sólo Juana no hizo nada. Apretó sus piernas contra su pecho, sintiendo su corazón latir tan rápido que la estaba mareando.

—Mija, ¿dónde está mija? —gritó Amá mientras ciegamente movía sus brazos en círculo. Luego Apá sacó algo del agua y, aun en la oscuridad, Juana pudo distinguir que era Anita.

—¡Nooooo! —gritó Amá arrebatándole la bebé a Apá—. ¡No, no, no!

Juana agachó la cabeza y escondió la cara entre sus manos.

adelina

Adelina sacó el rosario blanco con la cruz de metal que traía en su bolsa. El rosario no había protegido a su padre mientras yacía en la tierra, muriéndose. ¡Qué tonta fue al pensar que el rosario lo protegería!

Se puso a recordar la semana anterior. Había caminado por Tijuana preguntandole a cada coyote que encontraba si había visto o ayudado a su padre a cruzar la frontera.

Ella sabía por experiencia propia, que los coyotes no divulgaban información. Así que había ofrecido una buena recompensa a cualquier persona que le ayudara a encontrarlo. Había ofrecido todos sus ahorros. Pero la mayoría de los coyotes temían que ella fuera un policía encubierto. Así que mantuvieron la boca cerrada. Por poco se da por vencida.

Hacía ya tres días que ella había terminado su caminata en el centro de Tijuana, preguntando por su padre, cuando algo raro ocurrió. Un viejo la siguió mientras se dirigía hacia el hotel. Adelina había apresurado el paso, pero aunque el viejo rengueaba, había logrado alcanzarla.

Adelina se detuvo en una esquina esperarando que la luz roja cambiara. El viejo se aproximó y le hizo una pregunta sorprendente:

—¿Cargaba tu padre un rosario blanco de cuentas en forma de corazón?

Adelina se volteó a mirarlo. Bajo la luz del farol, notó que un parche azul le cubría el ojo izquierdo.

Mucho tiempo atrás, ella había conocido a un hombre que tenía un ojo así. Apenas podía recordarlo, pero ella sabía que era verdad.

—Bueno, ¿tu padre tenía un rosario blanco?

—Sí, él tenía un rosario blanco con cuentas de corazón. ¿Usted conoce a mi padre? ¿Usted sabe dónde está?

Adelina agarró al viejo por la manga de la camisa y esperó su respuesta. El viejo no la miró. Miró la luz verde al otro lado de la calle.

—La luz está verde. Tienes que apurarte si quieres cruzar.

—Olvídese de la luz —dijo Adelina—. Conteste a mi pregunta. ¿Usted sabe dónde está mi padre?

El viejo asintió con la cabeza. —Sí, yo sé dónde está.

—Lléveme donde él esté, por favor.

Adelina podía percibir en el viejo el deseo de salir huyendo.

Pero luego él agregó: —Mañana. Mañana te llevaré a ver a tu padre, así finalmente podrás irte a casa.

Adelina miró al viejo. ¿Irse a casa?

—¿Dónde está? —preguntó ella—. ¿Está bien, por lo menos?

El viejo la miró brevemente, pero luego bajó su mirada otra vez.

—En medio de la frontera, al pie de una peña, hay un montón de piedras. Tu padre está enterrado allí.

juana

Juana observó las velas titilando en la oscuridad. Tantas velas rodeando un ataúd tan pequeño. Tal vez, alrededor de un ataúd grande las velas no lucirían tan abrumadoras. Pero Anita apenas había sido una bebé.

A través del humo del incienso Juana miró a su madre y a su padre. Se apoyaban uno del otro mientras rezaban con los vecinos y los parientes lejanos de su padre. Cuatro años atrás, cuando su otra hermanita murió de un piquete de alacrán, Amá y Apá se habían sujetado como ahora, pero a Juana la habían puesto en medio de los dos para que todos compartieran el dolor en familia.

Ella se preguntó por qué esta vez no le habían dicho que estuviera con ellos. ¿Qué, no era ella aún parte de la familia?

Juana se dio la vuelta y se dirigió hacia la puerta.

—¿A dónde vas, Juana?

La madre de Apá, Abuelita Elena, estaba de pie en la entrada. Ella no estaba rezando con las demás mujeres y Juana se preguntó por qué la abuela se había molestado en venir.

—Afuera —respondió Juana. Su abuela la miró por un momento, movió la cabeza en desaprobación y luego se hizo a un lado para dejarla pasar.

Juana caminó hacia las vías del tren que quedaban enfrente de la casa de sus padrinos. Se sentó en el riel y rezó en silencio mientras el resto de las mujeres cantaban adentro.

En unas pocas horas, se encaminarían hacia el cementerio para enterrar a Anita. Juana se frotó los ojos para secarlos. Sus lágrimas le recordaban la lluvia. La lluvia le recordaba las inundaciones. Y las inundaciones le recordaban a Anita.

—Juana, ¿Qué estás haciendo aquí tan sola? —preguntó Apá, dirigiéndose hacia ella. Se sentó a su lado en el riel, recogió unas piedrecitas del suelo y jugueteó con ellas.

—Estoy escuchando los rezos —dijo Juana.

Apá guardó silencio por un momento, luego la abrazó y dijo: —El dolor toma tiempo pa' sanar, Juana. Con el tiempo, todos sanaremos, especialmente tu amá.

—Ella nunca me perdonará, Apá.

—Lo hará. Pero debes darle tiempo.

—¿Usted me perdona, Apá? —Juana miró a su padre. Él siguió observando las piedras en su mano.

—Fue mi culpa, Juana. Yo debería haber trabajado más duro pa' sacarlos de aquí. Debería haber trabajado más horas, y poco a poco podría haber construido una casa mejor y más cerca del pueblo.

—Pero Apá...

—Yo debería haberme esforzado más pa' cruzar el río y rescatarlas. Si lo hubiera hecho esto nunca habría ocurrido.

—Pero Apá...

—Calla, Juana. Nunca quiero que digas que fue tu culpa. Fue mi culpa. ¡Mía nada más! —Apá arrojó las piedras al suelo—. Sólo dale tiempo a tu madre, Juana. Ya ha sufrido la pérdida de dos hijas. Ahora ha perdido a la tercera.

María murió de un piquete de alacrán porque no tuvieron dinero para un doctor y la curandera no la pudo salvar. Josefina murió antes de dejar el vientre de su madre. Fue como si ella se hubiera dado por vencida aun antes de nacer. Un día dejó de sujetarse de su madre y a los cuatro meses nació muerta.

Sólo Juana había sobrevivido. Y ahora, Juana deseaba no haberlo hecho.

El sueño se convirtió en un lujo para Apá. Juana sabía esto porque ella también se sentía igual. Cada vez que cerraba los ojos, su mente la sacudía para despertarla. No debes dormir, Juana. No debes dormir, le decía a ella.

Acostada en su catre, Juana se esforzaba para mirar a Apá. Las varitas de luz de luna que se colaban por los palos de bambú eran muy débiles para ahuyentar la oscuridad. Así que no era fácil. Ella sabía que él no estaba dormido porque Apá siempre roncaba al dormir. Más bien, él sólo inhalaba y exhalaba suavemente. A veces un suspiro se escapaba de sus labios, a veces una maldición, a veces los ruidos que uno hace al llorar. Ella escuchaba y seguía sus movimientos alrededor de la choza. Él caminaba para arriba y para abajo, como un animal atrapado. A veces se dejaba caer en una silla y se quedaba ahí por horas. En tiempos como éstos, Juana deseaba poderse levantar y estar con su padre, pero tenía miedo y no sabía por qué.

• • •

El domingo, como siempre, Juana y sus padres caminaron al lado del río y luego voltearon y subieron una colina hasta llegar a su roca favorita. Iban allí de vez en cuando para mirar la puesta del sol. Amá, Apá, Juana, María y después Anita. Apá apuntaba a la milpa en la distancia y les decía cuánto elote había cosechado ese día. «De allí hasta allá», decía él.

Cuando llegaron al lugar, Juana y Amá se sentaron en la roca y esperaron que Apá se sentara. No lo hizo pues estaba mirando la milpa moviéndose suavemente con la brisa.

—¿Cuánto elote cosechó hoy, Apá? —preguntó Juana.

Apá se rascó la cabeza por un momento, volteando la mirada hacia las casas en la distancia. Él no le contestó y Juana sabía que no la había escuchado. Juana miró a su madre sentada en la piedra al lado de ella. Amá estaba mirándose las manos como si no supiera qué hacer con ellas. Juana no podía dejar de pensar que tan sólo dos semanas antes su madre había estado sentada en esa piedra meciendo a Anita en sus brazos.

—Miren esas casas allá —dijo Apá mientras apuntaba a un grupo de casas de concreto—. ¿Acaso no están bellas? ¿Ven esas lucecitas que se prenden? Esa gente tiene electricidad, agua potable y gas. Cuando llueve, las casas nunca se inundan, y los techos no gotean, y la gente no sufre del frío.

Juana contó las luces que estaban siendo encendidas una por una ahora que el sol se estaba poniendo. Al otro lado del cielo, la luna en forma de cuerno se preparaba para atravesar el horizonte.

—¿Ven la azul que está allá? —preguntó Apá—. ¿No es una casa hermosa?

Juana no miró donde Apá apuntaba y tampoco Amá. Ella

no podía entender por qué él estaba haciendo eso. Aunque habían ido allí muchas veces para mirar la puesta del sol, nunca habían hablado sobre esas casas. Esas casas de ladrillo y concreto nunca habían existido para ellos. Sólo habían importado la milpa ladeándose con la brisa, sólo los colores naranjas, rojos y morados del sol poniente, sólo el río serpenteando alrededor de las montañas.

Apá volteó a mirarlas.

—Contéstenme. ¿Miran esas casas?

Juana miró a Apá y asintió con la cabeza.

—Si, Apá, veo las casas.

Amá no respondió.

—¿No les gustaría vivir en una?

Amá se puso de pie y caminó hacia Apá. Puso su brazo sobre él y trató de girarlo. Él no se movió.

—Un día viviremos en una casa como ésa.

—Sí viejo, algún día, pero no debemos pensar en eso ahora —dijo Amá.

Apá sonrió por un instante, levemente asintió con la cabeza y luego apuntó a la milpa que apenas era visible bajo el cielo oscuro.

—Hoy coseché elote desde la orilla del río, hasta allá.

Juana trató de mirar las hileras que Apá estaba señalando, pero sus ojos se pusieron borrosos y como no quería que su padre la viera llorar, rápidamente se secó las lágrimas.

adelina

Adelina tomó un taxi en el aeropuerto y le pidió al conductor que la llevara a un hotel. Ya era demasiado tarde para tomar un autobús a su pueblo. Tendría que esperar hasta el amanecer, sólo unas horas más.

Mientras tanto, Adelina miró la luna por la ventana del taxi, que la había seguido todo el camino desde Los Ángeles a Tijuana y hasta ahora, a través de las calles oscuras de la Ciudad de México. La luna siempre cambiante, su única compañera fiel. Adelina la conocía muy bien después de tantos años.

Adelina tenía casi dieciséis años cuando llegó a Los Ángeles. Había ido para buscar a su padre. En su primera noche, conoció a un hombre que le dijo algo sobre la luna, que ella desconocía.

Se había bajado del autobús Greyhound, había caminado por la calle Séptima y había seguido caminando, volteando una esquina por aquí y otra por allá, sin rumbo alguno. No conocía a nadie. No tenía mucho dinero y no tenía ni la menor idea por dónde empezar a buscar a su padre. Se sentó en un banco del parque para descansar los pies junto a un pequeño lago.

Vio hombres jugando fútbol, mujeres empujando a sus hijos en los columpios, parejas corriendo juntas y otros hombres acostados en el césped, durmiendo. Uno por uno se habían ido todos a casa, menos los hombres durmiendo en el césped. No se fueron a ningún lado y Adelina se preguntó si éste sería el lugar donde vivían, y si la molestarían si se quedaba.

Esa noche la luna era una luna creciente. Para entonces, ella ya sabía que la luna tenía ocho fases. Ocho maneras de presentarse al mundo.

Adelina miró el reflejo de la luna rizándose en el agua. El viento al despeinó y oyó su estómago gruñir.

No tenía ánimo para levantarse en busca de comida. Se quedaría allí, esperaría hasta estar lista para empezar a buscar a su padre. Desde la ventana del autobús Greyhound, Adelina había notado una cosa: Los Ángeles era una ciudad muy grande. ¿Por dónde empezaba uno a buscar a un ser querido en una ciudad tan grande como ésta?

Adelina escuchó un raro traqueteo y al voltear vio a un hombre empujando un carrito de compras lleno de latas y botellas. El hombre revolvió un basurero cerca de los baños y sacó unas cuantas latas. Lentamente caminó hacia ella, chiflando. Era una canción conocida, pera ella estaba demasiado hambrienta para acordarse del nombre.

El hombre se detuvo y buscó dentro de otro basurero cerca del banco donde Adelina estaba sentada. Ella trató de no hacer ni un movimiento, preocupada de que el hombre la fuera a descubrir. Pero justo en ese momento, el hombre la miró y dejó de chiflar.

—Ay cabrón, ¡qué susto me pegaste! Pareces un fantasma, niña.

—Lo siento —dijo Adelina.

—¿Qué estás haciendo sola a esta hora de la noche? —El hombre preguntó mientras vaciaba una lata de cerveza.

—Estoy mirando la luna —dijo Adelina. El hombre subió la mirada al cielo y asintió con la cabeza.

—Sí, a veces te llama, ¿verdad? Te roba el sueño. A veces yo también me he quedado despierto para mirarla.

Adelina se quedó callada. Podía ver a los hombres del otro lado del lago poniéndose de pie para mirarla. Hubiera deseado que se quedaran dormidos en el césped.

—¿Quieres saber algo sobre la luna? —preguntó el hombre.

Adelina asintió con la cabeza.

—Tiene dos caras. Ella solamente muestra una cara al mundo. Aunque cambie de forma constantemente, siempre es la misma cara la que miramos. Pero su segunda cara, su segunda cara se queda escondida en la oscuridad. Esa es la cara que nadie puede ver. La gente la llama el lado oscuro de la luna. Dos identidades. Dos lados de la misma moneda. ¿No crees que eso es interesante?

—Sí, es interesante —contestó Adelina.

—¿Sabes, no deberías estar aquí sola. Es peligroso. ¿Qué, no tienes un lugar a donde ir? —Adelina negó con la cabeza—. Mira, si subes por la calle Cuarta y volteas a la izquierda en la Evergreen, terminarás en un lugar que antes era un convento, pero ahora es un edificio de apartamentos que parece el castillo de Drácula. Los cuartos son pequeños. Están sucios y llenos de cucarachas y ratones, pero la renta es barata y es mucho mejor estar allí que aquí en este parque. Cuando llegues pregunta por don Ernesto, él es el encargado. Es un buen hombre. Dile que Carlos te mandó.

Adelina pensó en el dinero que traía en el bolsillo y se preguntó si sería suficiente. Pero el hombre tenía razón. Ella no podía quedarse allí. Recordó que una vez había tratado de dormir en el banco de un parque y había terminado en la cárcel.

Tomó su mochila y se levantó para irse, dándole las gracias al hombre.

—Ahora, ten cuidado, niña. A propósito, ¿cómo te llamas?

—Adelina Vásquez.

juana

—Ven conmigo, Juana. Hay algo que debo decirte.

—¿De qué se trata, Apá?

Apá no respondió. Pero, cuando él le ofreció su mano, Juana inmediatamente la tomó. Su mano era rasposa como la piedra pómez con las que su madre limpiaba las ollas.

Juana caminó a su lado. El ceño en su cara le dejó saber que no debería hacer preguntas. Nubes oscuras se reunían arriba de ellos, repletas de lluvia. Las piedrecitas entraban y salían de sus sandalias mientras caminaban al lado del río, más allá de los grupos de chozas. Se dirigieron al otro lado del puente. Cuando pasaron frente a las casas de concreto, Juana mantuvo los ojos apuntados hacia el suelo y no subió la mirada.

Caminaron por la calle hasta la iglesia. Los últimos rayos del sol brillaban a través de las vidrieras de colores y caían en las paredes como un arco iris destrozado. Una mujer estaba sentada en uno de los bancos tarareando un Ave María. Tenía la cabeza cubierta con un velo negro y un rosario colgaba de sus manos.

Apá guió a Juana hacia un banco frente a la Virgen de Guadalupe. La Virgen estaba en un altar cubierta con su manto salpicado de estrellas blancas. Apá estaba inquieto en el asiento. Tomó la mano de Juana y la miró a los ojos. Su aliento se mezcló con el olor de cera derretida y las flores marchitas. La mujer empezó a orar un Padre Nuestro y fue entonces cuando Apá dijo:

—En unos días me iré pa' El Otro Lado, mija.

Juana subió la mirada hacia la Virgen de Guadalupe sin saber qué decir. «¿Por qué nos deja? ¿Acaso ya no nos ama? ¿Acaso ya no me ama? Apá, Apá», pensó Juana. Pero no dijo nada. Escuchó el canto de la mujer y se encontró farfullando el rezo con ella. «Hágase tu voluntad en la tierra como en el cielo...». —¿Por qué me lo está quitando?—Juana preguntó a la Virgen.

—No piense que me iré pa' siempre, mija. Sólo me voy a ir por un tiempito pa' ganar dinero. —Apá sacó una carta de su bolsillo. Él no sabía leer y Juana se preguntó quién le había leído la carta—. Un amigo me ha escrito del Otro Lado. Ten, lee sobre las cosas que él me cuenta.

Juana tomó la carta. Al leerla, él repitió las palabras con ella porque parecía que ya se las había memorizado. El amigo de Apá escribía sobre riquezas desconocidas, calles que nunca terminan y edificios que casi alcanzan el cielo. Escribía que había mucho dinero que ganar y tanta comida que comer, que la gente allí no sabía lo que era el hambre. «Miguel, en una hora puedes ganar la misma cantidad que haces trabajando todo un día en México».

—¿Te imaginas, Juana? —preguntó Apá—. Si lo que él dice

es verdad, no me tardaré mucho en juntar el dinero para construir una casa de verdad.

—No Apá, no nos puede dejar. No se puede ir. No necesitamos una casa así. Por favor, yo siento mucho lo que hice. ¡Por favor, Apá, no se vaya, no se vaya!

Juana se lanzó a los brazos de su padre y lo apretó fuertemente.

—Lo siento, mija, pero trabajando de campesino, ganando unos pesos al día, no es suficiente. ¿Entiendes?

Juana bajó la mirada al suelo.

—Yo regresaré tan pronto como tenga suficiente dinero, te lo prometo —dijo Apá.

—¿Está El Otro Lado lejos de aquí, Apá?

—Eso no importa, mija. Esa es la única manera en la que yo podré ganar el dinero suficiente pa' construirle una casa a mi familia.

Se persignaron y se pusieron de pie. Al marcharse, sus pasos retumbaron contra las paredes. Cuando abrieron la puerta, Juana volteó hacia atrás para mirar a la Virgen de Guadalupe. Sintió como si Ella hubiera desaparecido y la hubiera abandonado también, pues ahora simplemente era barro, pintura y ojos de vidrio.

De regreso a casa, Apá se detuvo y puso una mano en el hombro de Juana. La colocó para que mirara los campos de milpa. Los campos se estiraban por varios kilómetros, su color verde se mezclaba con el color púrpura de las montañas elevándose hacia el cielo.

—¿Ves aquellas montañas más allá de donde terminan los campos? —preguntó Apá.

Juana asintió con la cabeza.

—El Otro Lado está allá, al otro lado de esas montañas.

—¿De veras, Apá?

—Así que ya sabes, Juana —dijo Apá al agacharse para mirarla—. No estaré muy lejos de ti. Cuando quieras hablar con tu Apá, sólo mira hacia las montañas y el viento me traerá tus palabras.

Juana miró las montañas otra vez. Quizá las montañas no estaban tan lejos, en fin de cuentas.

—Ven, te juego una carrera hasta la casa —dijo él.

Como siempre, Apá permaneció atrás por unos segundos mientras Juana se adelantaba. Pero pronto, él la alcanzó y la tomó de la mano. Corrieron por la calle, Apá la jalaba como si ella fuera un papalote. Ella sabía que ya pronto llegarían a casa cuando la calle empedrada se convirtió en un camino de tierra, y las hileras de casas rosas, azules, amarillas, moradas y verdes se convirtieron en chozas elevándose sobre la tierra. Chozas pequeñas hechas de palos de bambú y cartón, algunas recargándose en otras como si fueran ancianitas cansadas después de una larga caminata.

adelina

Don Ernesto decidió que adoptaría a Adelina en cuanto la vio. «Parecías un pajarito perdido en la oscuridad», le decía él cuando se acordaban de esa noche.

Adelina recordaba que había estado de pie ante la puerta del edificio, temblando de frío. La noche estaba helada y era tarde. Carlos había comparado el edificio con el castillo de Drácula y ahora Adelina podía ver por qué. El edificio estaba rodeado de tantos árboles, matorrales y arbustos que apenas era visible a través de las ramas. Después de un largo rato de estar tocando, Adelina se había dado por vencida y cuando bajaba las escaleras alguien abrió la puerta.

—¿Te puedo ayudar? —preguntó el viejo al sacar la cabeza.

—Estoy buscando un lugar donde quedarme. Carlos me mandó aquí para hablar con don Ernesto.

—Yo soy don Ernesto. Entra, niña. Te puedes resfriar con este frío.

El viejo la guió por el pasillo oscuro. Al acercarse, Adelina miró un cuadro de la Virgen de Guadalupe colgado en la pared, sobre una mesa, con velas en el centro.

Don Ernesto se persignó al caminar frente a la imagen.

Adelina no volteó a mirarla. Sus ojos se mantuvieron fijos en la espalda de don Ernesto.

Don Ernesto la condujo hacia la segunda planta, hasta un cuarto que tenía el número doce en la puerta.

—Tienes suerte que se desocupó esta mañana. La familia que vivía aquí se fue para Salinas a trabajar en el campo. No tuvieron mucha suerte trabajando aquí en las fábricas.

Don Ernesto encendió la luz y le indicó a Adelina que entrara al cuarto. Las cucarachas se escabulleron por todos lados, así como Carlos lo había predicho. Una cucaracha pasó por el pie de Adelina y ella rápidamente la aplastó.

—No es gran cosa, pero aquí estarás segura —le dijo don Ernesto—. Ahora, duérmete, criatura. Mañana decidiremos qué vas a hacer.

Adelina se recargó contra la puerta cerrada y lo escuchó alejarse. ¿Qué iba a hacer? Iba a encontrar a su padre.

juana

Apá compró un pollo en una rosticería del centro para celebrar los doce años de Juana. Él sabía que era su comida favorita y aunque no tenía mucho dinero para gastar, había querido darle una sorpresa especial.

—Ojalá pudiera darte más, Juana —dijo él. Juana le dio un mordisco al pollo y tragó con dificultad. Apá se iba a marchar temprano por la mañana.

Amá guardaba silencio, apenas intentaba hablar.

Cuando todos guardaban silencio, Juana podía oir la lluvia caer sobre el techo de cartón. Podía ver las gotas caer en las ollas que estaban en el piso. Una gota cayó en su mejilla y antes de que levantara la mano para quitársela, Apá estiró la mano desde el otro extremo de la mesa y la secó.

—Pronto —dijo él— las sacaré de esta choza. —Miró hacia el techo y dijo: —Odio esta casa.

Lo dijo bajito, pero aun así Juana lo escuchó.

• • •

Por la noche, cuando Juana se preparaba para dormir, ella le pidió que le contara un cuento. Hacía mucho tiempo que no le contaba uno. De hecho, desde que su hermana se ahogó, Juana no había pedido ninguno. A Apá le encantaba tener a Anita en sus piernas mientras les contaba un cuento y Juana no quería mirar las piernas vacías de su padre.

Pero esa noche Juana anhelaba cada palabra, cada sonrisa, cada caricia de su padre. Sabía que éste sería el último cuento que él le contara antes de partir.

—Está bien, Juana. ¿Cuál cuento quieres escuchar?

—Mi favorito —respondió ella—, el de las uvas.

Apá acercó una silla y se sentó al lado del catre de Juana. Amá desató la cortina que colgaba del techo, al pie de su catre y la extendió a lo largo del cuarto, como si quisiera esconderse detrás de ella.

—Cuando yo tenía siete años —comenzó Apá—, mi padre me llevó a las viñas por primera vez. Me dio un cuchillo y me dijo que cortara sólo las uvas maduras, las de color morado. Ibamos a trabajar desde el amanecer hasta el anochecer, cortando uvas de fila en fila, llenando canastas. Mi padre señaló una fila y me dijo que empezara ahí. Traté de trabajar rápido porque quería que mi padre se sintiera orgulloso de mí. Rápidamente llené la canasta y se la llevé. Apenas la podía cargar de lo llena que estaba.

—¿Y se sintió orgulloso su Apá? —preguntó Juana.

—Bueno —continuó Apá—, cuando dejé caer la canasta frente a él, la miró y se sorprendió. «¿Qué has hecho?», preguntó. «¿Qué has hecho?». Apá hizo una pausa. ¿Qué había hecho?

«Has cortado las uvas equivocadas. Te dije que cortaras sólo las uvas maduras», dijo mi padre. «Lo hice», le dije. Recogí un ramo de uvas y se lo mostré, mi padre me las arrebató y me dijo que había cortado las uvas verdes. Las miré, y me pregunté por qué estaba diciendo eso. «Has cortado las verdes», dijo mi padre otra vez y me mandó a casa.

—¿Y luego qué pasó? —preguntó Juana, fingiendo que no sabía lo que había pasado—. ¿Cortó las uvas verdes o las moradas?

—Mi padre tenía razón. Había cortado las uvas verdes, pero yo no lo sabía.

—¿Cómo es que no pudo distinguir entre las moradas y las verdes?

Juana recordó la primera vez que vio que Apá llevaba un calcetín azul y otro verde. Y a veces Amá se reía cuando él se ponía ropa de diferentes colores que no combinaban. «Pareces una bandera», le decía. Y una vez Amá le pidió que comprara tomates rojos y maduros en el mercado y Apá compró unos anaranjados muy feos.

—Pos verás —dijo Apá—, no puedo ver los colores como deben ser.

Juana alzó los brazos y Apá respondió inclinándose y abrazándola.

—Lo siento —dijo Juana.

Apá se enderezó y preguntó: —¿Por qué, Juana?

—Por haberlo hecho contarme el cuento. Yo ya lo sabía.

—Calla, mija. Es tu cumpleaños. Y un día podré darte más que un simple pollo y un cuento.

• • •

Juana despertó mucho antes de que los gallos cacarearan. Permaneció acostada en su catre escuchando la lluvia y los ronquidos dispares de Amá y Apá.

Pronto los escuchó moverse, y supo que había llegado la hora de que su padre se marchara.

—Está lloviendo otra vez.

Juana escuchó el susurro de Amá en la oscuridad. Amá no encendió una vela, pero cuando Juana vio una chispa al otro lado de la choza, supo que Amá iba a hacer café. La oyó soplando para encender el carbón en el brasero.

Una silla crujió. Cuando Amá encendió las velas, Juana pudo ver a Apá sentado al lado de su madre. Lo vio poner las manos cerca del carbón para calentarlas.

—Le dije a don Elías que en cuatro semanas le mandaré su dinero —dijo Apá.

—¿Y qué dijo, Miguel? —preguntó Amá.

Don Elías era el dueño de la funeraria. Había proporcionado todo para el funeral de Anita: el ataúd, las flores, las velas, la misa y la camioneta que había transportado al cementerio a los ancianos y a todos los que estaban muy débiles para caminar. Juana se preguntó cuánto dinero Apá le debía a don Elías. No hacía mucho que finalmente Apá había terminado de pagar por el funeral de María, que había muerto cuatro años atrás.

—Esperará —dijo Apá—. Trabajaré harto luego que llegue pa' poder pagarle. Ya sabes cómo es, Lupe. —Apá suspiró y luego agregó—: ¿Te acuerdas qué difícil fue la otra vez?

Permanecieron callados por un momento. Luego Amá fue a abrir el cajón de la cómoda que estaba contra la pared. Puso la ropa de Apá en la única bolsa que tenía para ir al mercado. La bolsa olía a cebolla, chile, cilantro y ajo, y despedía una fragancia a jazmín casi imperceptible. La bolsa olía a Amá. El olor penetraría la ropa y Juana sabía que la próxima vez que Apá se la pusiera en el Otro Lado, pensaría en ella.

Apá tomó un trago más de su café y se puso de pie. Se dirigió hacia Juana. Ella cerró los ojos y fingió estar dormida. Luego sintió los labios de Apá tocar su mejilla. Su rostro percibió el cálido aliento de Apá, como cuando Amá herbía frijoles y Juana levantaba la tapadera de la olla para olerlos. El vapor cubría su rostro, augurando una buena cena por venir.

Cuando sintió la cara fría otra vez, Juana sabía que Apá ya se había alejado. Permaneció en su catre, aguantándose las lágrimas. No podía dejar de pensar que por su culpa Apá se marchaba.

Tomó el rosario que tenía debajo de la almohada y salió de la casa.

En la oscuridad, Juana apenas podía distinguir a Apá caminando hacia el puente. El aguacero caía a golpes, y él mantenía la cabeza agachada, como si estuviera pidiéndole perdón a la lluvia.

—Nos deja —dijo Amá, sollozando.

Juana se echó a correr tratando de alcanzar a su padre. La lluvia hizo una venda sobre los ojos con su cabello, como si ella estuviera a punto de quebrar una piñata en una fiesta de cumpleaños.

—¡Apá! ¡Apá!

Apá volteó y la esperó.

—Tome esto. Lo protegerá.

Juana colocó su rosario en la mano callosa de Apá y cerró sus dedos para que lo guardara.

Amá se estremeció cuando una ráfaga se coló por los palos de bambú. Estaba sentada en el piso con los ojos cerrados. Juana estaba acostada en su catre. Apá ya había estado ausente por cinco horas, y ni ella ni Amá tenían ganas de hacer nada. Juana se preguntaba en qué estaría pensando Amá. Se veía temerosa y preocupada. ¿Acaso tenía temor de que Apá la olvidara al llegar a El Otro Lado?

A veces Juana y su madre veían a mujeres sentadas en la puerta bordando servilletas mientras esperaban afuera al cartero, esperando una carta de El Otro Lado que raramente, o a veces nunca llegaba. Ésas eran las mujeres olvidadas, mujeres abandonadas. Pero Amá no debía preocuparse por eso, pensó Juana. Apá nunca la olvidará. Él nunca nos abandonará.

La puerta se abrió de repente y la madre de Apá, Abuelita Elena, entró. Amá lentamente abrió los ojos y volteó la cabeza para mirarla. La luz del día que se filtraba por la puerta abierta le lastimaba los ojos.

La edad avanzada de Abuelita Elena hacía que su cuerpo se inclinara hacia el suelo. Su cabello plateado estaba peinado en una trenza enredada sobre su cabeza como una corona.

—Lupe, ¿qué estás haciendo ahí en el suelo? ¿Y tú escuincla todavía metida bajo las sábanas? Ya son las doce. Levántense las dos. Dejen de estar echadas ahí como burros.

Amá no se movió. Sus párpados hinchados se cerraron sobre sus ojos para no ver a Abuelita Elena. Abuelita Elena caminó hacia el catre y trató de arrebatarle la sábana a Juana.

—Escuincla floja. Lupe, eres una mujer inútil. Mi hijo se ha ido a un país extraño pa' mantenerte a ti y a tu chamaca y ¿lo único que se te ocurre hacer es estar sentada todo el día y llorar? Tú ahuyentaste a mi hijo. Tú, con tus descuidos. —Abuelita Elena miró a Amá con odio—. Mi hijo vino ayer pa' despedirse de mí. «Adiós Amá» dijo, y luego se marchó. Estos huesos están viejos y pronto moriré sin volverlo a ver. Mi único hijo. Es tu culpa, Lupe.

Amá no respondió.

—Déjela en paz —dijo Juana—. No es culpa de ella que Apá se haiga ido. Es culpa mía. Usted deje a mi madre en paz.

—Escuincla insolente. Terminarás igualita que tu madre, una mendiga en las calles, tratando de aprovecharte de la gente.

—Váyase de aquí, señora —Amá se puso de pie y apuntó hacia la puerta.

—¿Qué dijiste? —Abuelita Elena caminó hacia Amá.

—Le dije que se fuera. Es verdad que usted nunca me ha aceptado como la esposa de su hijo, pero no tiene ningún derecho de venir a insultarme a mí o a mi hija.

—Todavía no puedo entender cómo fue que mi hijo se enredó con una mujer como tú —dijo Abuelita Elena—. Una mendiga huérfana que...

Amá tomó una olla llena de agua de lluvia y la lanzó hacia Abuelita Elena. La olla cayó a los pies de Abuelita Elena y salpicó su vestido.

—¡Lárguese de mi casa! —gritó Amá.

La figura jorobada de Abuelita Elena se volteó para marcharse. Sus ojos recorrieron la choza, posando la mirada sobre las ollas que Amá había distribuido alrededor del cuarto para recoger el agua. Abuelita Elena miró el brasero y el carbón gris, la cómoda a la que le faltaban dos cajones, el altar y el comedor en la esquina adornado con ramas marchitas de cilantro que Amá había puesto dentro de un vaso con agua. Miró la taza de barro llena del café frío que Apá no alcanzó a tomarse.

—Serás una mujer abandonada, Lupe —dijo en tono burlón. Luego se dio la vuelta y se marchó.

La madrina de Juana llegó unas horas después para consolar a Amá.

—Ay comadre —dijo— pos yo todavía no puedo creer que mi compadre se haiga ido. Debe ser tan duro pa' ti.

Amá empezó a sollozar otra vez y dejó que Antonia la abrazara contra su pecho. —Se ha ido, comadre. Miguel se ha ido.

Una vez que sus lágrimas cesaron, Amá le contó a Antonia lo que Abuelita Elena le había dicho esa mañana. Juana nunca había comprendido por qué Abuelita Elena odiaba tanto a su madre. Pero su madrina le explicó que Abuelita Elena había hecho todo lo posible para que su único hijo se casara con una vieja solterona que había heredado una casa bonita y un buen dinero de su padre. Pero Apá conoció a Amá. Ella andaba caminando en la calle vendiendo chicles. Su ropa era de retazos, tenía la cara cubierta de ceniza y mugre, y aun así Apá se enamoró de ella.

—Ya, ya, Lupe. No hagas caso de lo que dice esa mujer —le dijo Antonia a Amá—. Él pronto regresará, ya verás. Y te construirá una casa bonita, con estufa y refrigerador.

—Eso no es importante, Antonia —dijo Amá—. Lo que

importa es que le paguemos a don Elías su dinero lo más pronto que se pueda. A mí no me gusta estar endeudada con él. Tú sabes cómo se comportó la vez pasada, cobrándole a Miguel hartos intereses.

—Sí, me acuerdo lo duro que trabajó mi compadre pa' pagarle.

Juana trató de ocuparse en el remiendo de su vestido roto, pero estaba atenta a cada palabra. Se acordó de la vez anterior que su padre había estado endeudado. Siempre caminaba con la espalda doblada, como si anduviera cargando un pesado costal de elote que acababa de cosechar en el campo.

Cuando finalmente terminó de pagar hasta el último peso, caminó por el pueblo con la cabeza en alto, una vez más como un hombre libre.

—Me preocupa, Antonia —Amá trataba de susurrar para que Juana no escuchara.

—Lupe, casi toda la gente le debe a don Elías y eso le da harto poder, especialmente con los judiciales. ¿No te acuerdas que hizo arrestar a César hace un mes? ¡Y todo porque César cortó unos limones del árbol de don Elías!

—Eso sólo era una excusa —dijo Amá—. Tú sabes que don Elías andaba tras la hermana de César. Por eso don Elías mandó a la policía tras de él, para que dejara sola a su hermana.

Juana se picó el pulgar porque había dejado de mirar la aguja. Todos sabían que don Elías siempre andaba persiguiendo mujeres en el pueblo. Juana se preguntó lo que la esposa de don Elías pensaría sobre eso. Juana sólo la había visto unas pocas veces. Raramente salía de su casa. Era una mujer delgada y pálida. Ya andaba en los cuarenta y no había tenido hijos. Nunca sonreía.

Algunas de las mujeres iban con ella a rogarle que protegiera a sus esposos, hermanos, hijos, o padres, de la ira de don Elías. Pero parecía que ella nunca decía ni hacía nada. Sólo se sentaba a tejer ropa de bebé que donaba a la iglesia, silenciosamente.

Juana puso en la mesa la aguja y el vestido que estaba remendando y salió de la casa. Ya no quería escuchar más. Sabía muy bien lo que había causado. Al dormirse, no sólo había matado a su propia hermana sino que también había enterrado a su padre bajo el peso de la deuda a don Elías.

Juana y Amá pasaron el resto del día arrodilladas, rezando por la seguridad de Apá y rezando por el alma de Anita. Juana se preguntaba si su hermana ahora era un ángel en el cielo, y si lo era, ella esperaba que Anita pudiera cuidar a Apá.

Cuando cayó la noche, sus gargantas necesitaban agua, y sus estómagos vacíos lloraban por comida. Con un último rezo, Amá finalmente se apoyó en el altar y se levantó.

—Ven a la mesa, Juana. Es hora de comer.

Juana se sentó a la mesa mientras Amá le llenaba un vaso de agua de la olla de barro. Juana se mojó los labios y luego tomó un trago de su vaso. Amá se dirigió hacia el brasero para encender el carbón. Calentó las tortillas que habían sobrado de la cena anterior, la última cena que compartieron con Apá.

—Juana, sal y trae unos chiles de la planta —dijo Amá.

Juana hizo lo que se le pidió. El aire fresco de la noche le secó el sudor de la frente. Escuchó los suaves murmullos de la corriente del río, la canción triste y deseosa de los grillos, el susurro de las ramas de los árboles y los graznidos de una lechuza sobre el techo de la choza.

Juana dejó de respirar. ¿Qué estaba haciendo una lechuza aquí?

Palpó los chiles con sus dedos y rápidamente los arrancó de la planta. Luego corrió de regreso a la choza, esperando que Amá no hubiera escuchado los graznidos de la lechuza. Las lechuzas siempre traían malas noticias. Noticias de muerte.

Por primera vez desde que era niña, Juana durmió con Amá. Su cuerpo cálido a su lado calmaba sus miedos y tal vez el calor de Amá ahuyentaría a los demonios que le habían robado el sueño.

Pero no fue así. Amá se movió en el catre justo cuando Juana comenzaba a quedarse dormida. Los resortes chillaron al levantarse Amá. Juana se preguntó qué era lo que Amá iba a hacer. La miró dirigirse hacia el ropero y sacar una caja de cartón que colocó sobre la mesa antes de ir al altar por dos velas. Amá colocó las velas sobre la mesa y se sentó.

Juana sabía lo que había en la caja. La caja contenía la vajilla que Amá había recibido como regalo cuando ella y Apá se casaron. Amá había quedado huérfana a una temprana edad y fue criada por su madrina hasta los doce años, cuando su madrina falleció. Ella tenía catorce años cuando conoció a Apá.

Amá dijo que ella y Apá se enamoraron a primera vista. Deseaban casarse, pero no tenían dinero para la ceremonia. Un día, el gobernador dijo que todas las personas que se quisieran casar podían ir al ayuntamiento y hacerlo sin costo alguno y recibirían una vajilla como regalo de bodas.

Por trece años ya, la caja de platos siempre había permanecido en el ropero. Amá rehusaba a abrirla diciendo que algún día, cuando Juana se casara, la vajilla sería de ella. «Nos dio a tu

Apá y a mí buena suerte, Juana. Hemos tenido un buen matrimonio», decía siempre.

Ahora, Juana observó a su madre sacar las tazas una por una. Estaban adornadas con lilas moradas y mariposas rosadas. Amá recorrió con los dedos las tazas suaves y sedosas y las besó antes de colocarlas sobre la mesa. Juana se sintió como una intrusa, se volteó y cerró los ojos.

Pensó en los platos, brillando tan lindos bajo la luz de las velas y trató de olvidar las lágrimas que se acumulaban en los ojos de su madre.

Apá sólo había estado ausente por dos días cuando don Elías vino a tocar la puerta. Juana le abrió. De pie, estaba casi a la misma altura que él. Era un hombre chaparro y gordo que le recordaba a Juana a un gorila que había visto una vez en un libro. Su camisa estaba desabotonada casi hasta la mitad del pecho, mostrando cientos de vellos negros pegados con sudor. Juana hubiera preferido que él se abotonara la camisa antes de que Amá hablara con él. Había algo indecente en esos bultos de grasa bajo los vellos.

Don Elías se secó el sudor rodando por sus mejillas hinchadas, carraspeó y dijo: —¿Está tu madre en casa? —Juana volteó a mirar a Amá, no queriendo decirle quién la buscaba. Amá estaba arrodillada en el suelo, inclinada sobre un metate moliendo un poco de maíz—. Bueno, ¿está en casa? ¿Sí o no?

—¿Quién es? —preguntó Amá.

—Soy yo, Elías —dijó él.

Juana miró a don Elías enderezarse el collar de la camisa pero no se la abotonó.

Amá se dirigió a la puerta y preguntó: —¿Qué se le ofrece?

Don Elías miró hacia adentro como si esperara que Amá lo invitara a entrar. Amá mantuvo el pie firme, bloqueando la entrada.

—Ah, bueno, yo sólo quería venir a decirle lo mucho que siento que su esposo se haya ido para El Otro Lado. Yo sé que ahora usted está sola con su hija y quería ofrecerle…

—No se preocupe, don Elías, mi hija y yo estaremos bien. Y por su dinero no tenga cuidado, que mi esposo prometió mandarlo en unas semanas, y yo le avisaré cuando llegue.

Don Elías carraspeó y corrió sus dedos por su cabello gris y grasoso.

—Sí, sí, doña Lupe, está bien. Infórmeme cuando reciba noticias de su esposo.

—Sí, por supuesto que lo haré. Ahora, que le vaya bien —dijo Amá.

Don Elías no se dio la vuelta para partir sino que se quedó mirando a Amá, con los ojos entornados. Le recordaba a Juana la manera en que un gato mira a un pájaro antes de echársele encima. ¿Por qué se ponía don Elías a mirar a Amá de esa manera?

—Miguel dijo que en cuatro semanas mandaría el dinero, ¿verdad? —preguntó él.

—Así es, don Elías, en cuatro semanas.

—Muy bien. Regresaré para entonces.

Amá cerró la puerta tan pronto como don Elías se marchó.

A Juana le dolía el estómago como si se hubiera tragado un pedazo de carbón ardiente y le estuviera quemando un hoyo por dentro.

• • •

Cuando terminaron la cena de tortillas y queso seco, Juana salió para lavar los platos con el agua de lluvia almacenada en el barril cerca de la puerta. Miró en dirección a los campos y, aunque no podía mirarlos a través de los árboles, trató de imaginar que Apá estaba allá, cosechando elote. Pronto vendría a casa.

Juana tiritó. Ahí estaba esa lechuza otra vez, posándose en el árbol frente a ella. Juana podía oír sus graznidos, suaves como un lamento. «¡Lárgate de aquí!», gritó Juana. Puso los platos en el piso y recogió unas piedras del suelo. «¡Sal de aquí! ¡Lárgate!».

Corrió hacia el árbol, tirando piedras lo más fuerte que pudo.

Juana miró a su madre peinar su grueso cabello en la oscuridad. Amá estaba sentada en el catre de Juana, y ella se alegró que ahora Amá dormiría con ella cada noche. Necesitaba poder tocar a su madre. Tenía miedo de perderla también. La manera en que don Elías había mirado a Amá todavía le preocupaba. Ella había visto a otros hombres mirar a Amá de esa manera cuando iban al mercado o camino a la iglesia o al cementerio y hasta cuando iban a la plaza acompañadas de Apá.

—¿Por qué estás de pie ahí, Juana? Ven a la cama. —Amá le dio palmaditas al catre, indicándole a Juana que se sentara a su lado. Juana cerró la puerta, puso los platos sobre la mesa y fue hacia su madre. Tomó el peine de su mano y se sentó detrás de ella. Inhaló la fragancia de jazmín.

Mientras Juana peinaba el pelo de su madre, los rayitos de luna se filtraban por las rendijas de la choza, creando una atmósfera de paz y así brindándole a Juana un poco de serenidad.

adelina

—¿Adelina? ¿Eres tú?

Adelina apretó el teléfono con su mano fuertemente. Tal vez no debería haber llamado tan tarde. Ya eran las cuatro de la mañana, pero necesitaba tanto escuchar una voz conocida. Se sentía muy sola en esa ciudad extraña.

—Sí, soy yo, Maggie —finalmente replicó.

—¿Dónde estás? Hemos estado tan preocupadas por ti. El Dr. Clark nos dijo que tuviste una emergencia y que estarías ausente por unas semanas. Fui a tu apartamento a buscarte, pero no te encontré. ¿Estás bien?

—Sí, todo está bien. Estoy en la Ciudad de México —dijo Adelina al recargarse sobre su almohada.

—¿Estás en México?

—Sí.

—¿Pero qué estás haciendo allá?

—Te explicaré cuando regrese. ¿Cómo están todos?

—Ahí, pasándola. Fui a visitar a Diana hoy. Está muy bien.

Me dijo que anda buscando trabajo. Me alegra que se haya recuperado. Hubo un tiempo en que pensé que no lo haría.

—Sí, yo también. Échale un ojo por mí, Maggie.

—Lo haré. ¿Cuándo regresarás a Los Ángeles?

Adelina miró alrededor del cuarto. Se vio reflejada en el espejo del cajonero localizado al lado opuesto del cuarto. Miró la cruz colgada sobre la cabecera de la cama.

—Aún no sé, Maggie.

Después de una pausa, dijo Maggie: —El Dr. Luna vino al refugio ayer. Preguntó por ti.

Adelina tomó el rosario que estaba en la mesita de noche y empezó a juguetear con las cuentas.

—Le dije que te habías ido de vacaciones —continuó Maggie—. Adelina, ¿por qué no me dices qué fue lo que te hizo terminar la relación con él? Quiero decir, todo iba tan bien entre ustedes.

—Escucha, Maggie. Ya me tengo que ir. Discúlpame que te desperté tan tarde.

—Te extrañamos en el refugio. Regresa pronto.

—Lo intentaré, Maggie. Buenas noches.

Después de colgar el teléfono, Adelina cogió su bolsa y sacó una botella de píldoras para dormir. Se echó dos píldoras en la boca y se las tragó con agua. Luego se cubrió con la colcha, esperando que las píldoras surtieran efecto rápido y pudiera dormir sin soñar.

juana

Cada vez que Juana y Amá iban al pueblo, los murmullos flotaban a su alrededor. Juana oía las palabras claramente. Las mujeres se decían cosas, teniendo cuidado de taparse la boca con la mano, como para amortiguar las palabras.

—Él ya ha estado ausente por cinco semanas y no ha mandado aviso alguno.

—Las habrá abandonado, ¿tú crees?

—No, Miguel es un hombre honesto. Él no haría una cosa semejante.

—Honesto o no, ya cuando se encuentran en El Otro Lado y rodeados de hartas gringas rubias, pos los hombres no se pueden aguantar las ganas.

—Pobrecita doña Lupe —decían ellas y sonreían.

Juana se tapaba las orejas con las manos y trataba de no escucharlas. Pero las palabras siempre correteaban detrás de ellas, ladrando más fuerte que los perros callejeros vagando por las calles.

• • •

Sin que Amá lo supiera, Juana había empezado a faltar a la escuela. Se levantaba y tomaba café con su madre. Caminaba con ella al lado del río, cruzaban el puente y seguían las vías del tren hacia el pueblo. Pero cuando las vías se separaban, una yendo en dirección de la estación y otra en dirección a la escuela, Juana le daba un beso de despedida a su madre y se escondía detrás de un guamúchil hasta que Amá desaparecía de su vista. Amá iba rumbo a la estación donde ahora trabajaba vendiendo quesadillas.

Juana estaba cansada de que los niños se burlaran de ella, convirtiendo su dolor en una burla.

«Tu padre te abandonó», le decían. «Pobrecita Juana, ¿qué va a hacer ahora sin su papi?».

Juana ya estaba acostumbrada a que se rieran de ella. Los niños siempre se burlaban de que Juana fuera mayor que ellos y todavía estuviera en el cuarto año. Pero Apá siempre le había dicho que no hiciera caso. No era su culpa que a veces él no tuviera el dinero para los libros y los materiales que ella necesitaba para la escuela. Y definitivamente no era su culpa que los caminos de tierra se enlodaran tanto durante la época de lluvias que era casi imposible que alguien que viviera en las afueras llegara hasta el pueblo. Pero ahora Apá no estaba aquí para consolarla de las burlas de los niños. Y en cierto modo, era por él que ahora ellos se reían de ella. Juana no era la única niña que tenía a su padre o a su madre del Otro Lado. Pero por lo menos los demás niños no habían sido olvidados, como ella.

Juana corrió de regreso a casa y se sentó casi todo el día a esperar al cartero, aunque casi nunca venía. A veces ella iba a la casa de don Agustín porque él y su esposa vivían más cerca del pueblo. Ella pensaba que tal vez, en su pereza, el cartero había preferido dejar la carta con ellos. Pero nunca era así.

Tal vez hoy la carta llegó, pensó Juana al encaminarse hacia la casa de don Agustín. Su esposa, doña Martina, era una mujer pequeña abrigada con un rebozo gris. Estaba sentada afuera mirando a Juana caminar hacia su choza.

—Buenas tardes, Juana —dijo doña Martina.

En su mano tenía un peine al que le faltaban unos dientes. Ella miró a Juana y sonrió. A Juana, su sonrisa chimuela se le pareció al peine.

—Buenas tardes, doña Martina. ¿Ya ha venido el cartero hoy?

Doña Martina luchó con los enredos en su pelo. Como siempre, le dio el peine a Juana.

—El cartero no ha venido hoy, mija. Lo siento.

Juana tomó el peine y caminó al otro lado de la silla para ponerse de pie detrás de doña Martina. Desde dentro de la choza, ella podía oír el suave canto de las palomas y alcanzaba a oler las hierbas y el aceite de almendra. Doña Martina era curandera y partera. Ella había ayudado a Amá a dar a luz a sus tres hijas.

—Quizás mañana venga la carta, Juana. Debes ser paciente. A veces las cartas se tardan en llegar.

Juana miró hacia las montañas. Apá dijo que estaría en el otro lado, no muy lejos. ¿Entonces por qué tardaba tanto la carta en llegar? A menos que no la hubiera mandado.

Las lágrimas amenazaron con brotar de sus ojos y Juana esperó que doña Martina no las viera.

Pero doña Martina parecía oler la tristeza de Juana de la misma manera que podía oler el aire y saber que iba a llover. Tomó la mano de Juana para guiarla hasta ponerla frente a ella. La cara de doña Martina era arrugada y dura como chicharron, y olía a aceite de almendras, epazote y humo de cigarro.

—Necesitas ser fuerte, Juana, por tu madre. He notado que no se ve bien. ¿Está enferma?

—Mi madre está bien —dijo Juana, aunque sabía que doña Martina probablemente sabía que estaba mintiendo.

Por unos días ya, Amá se había estado levantando temprano y salía de la casa para vomitar. Amá decía que era porque su cuerpo se hinchaba de tanta tristeza durante la noche, que en la mañana tenía que salir y deshacerse de ella. «La tristeza es veneno, Juana», le decía Amá.

Doña Martina se puso de pie y fue a juntar unas hierbas que crecían junto a la choza.

—Toma, Juana, llévale estas hierbas a tu madre y dile que se haga unos tés. La harán sentirse mejor.

—Gracias, doña Martina —dijo Juana.

Ella se preguntaba si debería de hablar con doña Martina sobre la enfermedad de Amá. En su interior, ella misma no quería saber lo que tenía Amá. No era sólo la tristeza lo que la estaba haciendo sentir mal. Eso Juana lo sabía.

«Las cosas que dice la gente de ti, Miguel, no son ciertas. Ellos dicen que no me escribirás. Dicen que me has abandonado. Pero yo sé que eso no es cierto». Juana miró a su madre acariciar sus bellos platos. Trató de cerrar los ojos o mirar a otro lado, pero sus ojos siempre regresaban a Amá sentada en el suelo frente al altar. Amá puso un plato en el suelo y recogió otro, exigiéndole respuestas: «¿Dónde estás Miguel? ¿Por qué no escribes? ¿Dónde estás, mi amor? No me olvides».

Juana repitió las palabras de Amá: «¿Dónde está Apá? Recuérdeme. No me olvide».

Don Elías llegó a tocarles la puerta a la quinta semana después de haberse marchado Apá, justo como Amá lo había previsto. Ella había logrado ahorrar veinte pesos trabajando en la estación. Había abierto la mano para mostrarle las monedas, pero don Elías sólo se había reído de ella.

—Le pagaré hasta el último centavo —le dijo Amá—. Yo le juro que lo haré, pero debe darle tiempo a mi esposo.

—Es extraño, ¿verdad señora?, que no haya mandado aviso de su paradero. Quizás se ha olvidado de sus responsabilidades.

—¡No diga eso! —gritó Juana—. Apá nunca haría semejante cosa. Usted…

—¿No te ha enseñado tu madre a no interrumpir a tus mayores, niña? —preguntó don Elías mirando a Amá.

Amá se sonrojó de la vergüenza. Juana se escondió en una esquina, sabiendo que había avergonzado a su madre al olvidar los modales, pero ¡él no tenía ningún derecho de hablar tan mal de su padre!

—Mi esposo conoce sus responsabilidades, don Elías. Y no es el tipo de hombre que las olvidaría.

—Estoy seguro que tienes razón, Lupe, pero si las cosas cambian, yo estaría dispuesto a hacer otro tipo de arreglo.

Los ojos de don Elías se entornaron y le sonrió a Amá. Juana reconoció esa mirada.

Amá guardó silencio por un momento y luego dijo:
—Perdóneme don Elías, pero si no acepta mi humilde pago, entonces le tengo que pedir que se vaya.

Antes de que don Elías respondiera, Amá le cerró la puerta y se recargó contra ella, como si tuviera miedo de que él tratara de tumbarla. Inhaló y exhaló lentamente para calmarse. Abrió la mano y miró las monedas en su palma.

Juana sabía lo duro que Amá había trabajado por esas monedas, pero también sabía que nunca serían suficientes.

adelina

Adelina abordó el autobús a las diez de la mañana. Sería un viaje de tres horas a su destino. Encontró un asiento por la ventanilla y se sentó. Miró las caras de la gente que estaba abordando el autobús. Caras de extraños. Una mujer envuelta en un rebozo gris. Un hombre con un bigote grueso y negro y un sombrero tejano en la cabeza. Una mujer que llevaba lentes oscuros y lápiz labial rojo. Un muchacho con la nariz un poco chueca y ojos caídos que le daban un aspecto triste.

Adelina observó al muchacho mientras buscaba un asiento vacío. Cuando se sentó, unos cuantos asientos delante de ella, Adelina ya no lo pudo ver más. Había algo familiar en él. Su cara no era la cara de un extraño. Era la cara de una persona que ella no había visto en un largo tiempo. Esos ojos caídos. ¿A quién le recordaban?

—¿Vas a visitar a alguien? —le preguntó el hombre sentado al lado de ella. Adelina volteó a mirarlo—. Quiero decir, tú no eres de aquí, ¿verdad?

Ella sonrió levemente. No sabía qué decir. Era de aquí, y al mismo tiempo no lo era. ¿Cómo explicarle?

—Tú vienes de El Otro Lado, eso lo noté enseguida —dijo el hombre, sonriendo.

—Voy a ver a mi madre —dijo Adelina, bajando la vista hacia la caja de madera en su regazo.

—Oh, qué bueno. ¿Cuándo fue la última vez que la viste?

—Hace muchos años.

—Qué mala onda —dijo el hombre—. Pero debes estar contenta de estar de vuelta, ¿o no? Por fin te vas a casa.

Adelina pensó en lo que el hombre le dijo. ¿En verdad se iba a casa?

Ella recordó la conversación que tuvo con el viejo coyote.

«¿Por qué me ayudó a encontrar a mi padre?», le preguntó ella mientras estaban sentados en la oficina de inmigración esperando llenar el papeleo para que ella pudiera reclamar el cuerpo de su padre. «Para que te puedas ir a casa», dijo el viejo, nuevamente. Le había dicho lo mismo el día que la siguió hasta el hotel. «No entiendo qué quiere decir», dijo Adelina, mirándole el ojo café. ¿Acaso no quería admitir que había oído sobre la recompensa que ella ofrecía a cualquiera que le ayudara a encontrar a su padre?

El viejo la miró intensamente y ella sintió como que él la podía ver más claramente con el ojo ciego que con el ojo bueno. Ella sentía que ese ojo la descubría. En su ceguera, la miraba como la persona que en realidad ella era.

«No te acuerdas de mí, ¿verdad?», preguntó el viejo.

¿Acordarse de él? Adelina lo miró más atentamente. Había algo familiar en él, algo en el sonido de su voz, el ojo ciego.

Quizá lo había conocido antes. Había conocido a tantos hombres.

«¿Lo conozco a usted?», preguntó ella.

El viejo bajo la mirada al piso de linóleo y Adelina sintió que de repente él se había apenado. El viejo carraspeó antes de volver a hablar.

«Hace muchos años, yo estuve en tus brazos. Y mientras yo trataba de encontrar consuelo en tu abrazo me dijiste algo que me hizo huir de ti. Me dijiste, 'Estoy buscando a mi padre. Vino a cruzar la frontera hace tres años'. Me describiste a un hombre a quien yo recordaba bien. Me dijiste que tenía un rosario con él. Un rosario de cuentas de corazón».

Adelina se tapó la boca con la mano y se mordió duro el pulgar. La quijada le tembló levemente.

«No tuve el valor para decirte entonces que había enterrado a tu padre en medio de la frontera. Eras tan joven. Y todo lo que querías era irte a casa». El viejo se estiró para tomarle la mano. Con dificultad bajó al piso y luego se arrodilló frente a ella. «Perdóname, criatura, perdona a este viejo por ser un cobarde. Tenía miedo. Tenía miedo de que pensaran que yo lo había matado».

Adelina lo miró recordando que hacía dieciséis años él había huido de ella esa noche y nunca había vuelto para encontrarla. Ella había estado tan cerca de saber la verdad. Lo había buscado por semanas, en cada cantina, en cada calle. Cada hombre que pasaba a su lado, ella lo miraba para ver si tenía un parche azul sobre el ojo izquierdo.

«¿Perdonas a este viejo?». Adelina miró el ojo ciego del viejo y se tragó la bilis que tenía en la boca.

juana

Don Elías regresó la semana siguiente. Juana iba rumbo al molino cuando lo vio cruzar el puente, dirigiéndose hacia su casa. Le dieron ganas de darse la vuelta y correr de regreso para avisarle a Amá que él se aproximaba, pero sabía que Amá tenía hambre y también sabía que si no se apuraba, encontraría el molino cerrado. No le quedó más remedio que seguir caminando al lado del río y mantenerse tranquila.

—Buenas tardes, Juanita, ¿está tu madre en casa? —preguntó don Elías.

—Sí, señor —dijo Juana, inmediatamente, con ganas de haberle mentido.

—Muy bien, muy bien.

Juana se echó a correr al otro lado del puente. Decidió regresar a casa lo más pronto posible. Seguramente a su madre no le gustaría estar a solas con ese cerdo gordo. Llegó al molino jadeando.

—Cálmate, Juana, ¿cuál es la prisa? —le preguntó doña Hortencia al llegar.

—Nada, doña Hortencia.

—¿Cómo está tu mamá, Juana? ¿Ya han sabido algo de tu papá?

—Déme un cuarto de tortillas, por favor —dijo Juana, ignorando las preguntas. Miró a las mujeres en el interior del molino que recogían las tortillas calientes que iban saliendo. Mujeres chismosas. Ella no les daría motivo para que anduvieran chismeando otra vez de Amá y Apá.

—Pues aquí tienes —dijo doña Hortencia en un tono molesto. Dejó caer las tortillas calientes sobre el mostrador justo encima de la mano de Juana.

—¡Ay! —se quejó Juana. Las mujeres detrás de doña Hortencia se rieron. Juana tiró los pesos en el mostrador, puso las tortillas en su canasto y salió corriendo del molino.

Lo primero que vio al llegar a casa fue a don Elías sujetando a Amá contra la pared.

—No me haga hacerle algo, señora —le decía a Amá—. Puedo ir a traer a los judiciales y hacerlos que la arresten por no pagarme su deuda.

—No, señor, por favor, sólo déme una semana más. Estoy segura que mi esposo...

—¡Su esposo ha resultado ser un hijo de la chingada irresponsable! Él...

—¡No se atreva a insultar a mi padre! —Juana dio un paso al frente hacia don Elías, lista para echarle las tortillas encima.

Amá volteó a mirarla. Juana notó las gotas de sudor acumulándose sobre el labio superior de su madre.

—Juana, vete afuera —dijo ella.

—Pero Amá...

—¡Ahorita!

—Anda, escuincla, haz lo que te dice tu madre —dijo don Elías con una sonrisa burlona.

Juana aventó la canasta de tortillas en la mesa y se dirigió a la puerta. Se detuvo en la entrada y volteó a mirar a don Elías y a Amá. Se le revolvió el estómago.

Don Elías estaba apretando su enorme panza contra Amá.

—Ahora, como le estaba diciendo, señora, hay otras maneras de arreglar que usted me pague su deuda…

Juana se cubrió los oídos y salió corriendo de la choza. Se sentó en una piedra grande y esperó que don Elías saliera. ¿Por qué estaba molestando tanto a Amá? ¿No podía entender que pronto Apá mandaría el dinero? Todas las cosas que la gente decía, que su padre las había abandonado, no eran ciertas. Él era un hombre honesto y nunca se olvidaría de ellas. No lo haría.

—¡Lárguese de aquí! —gritó Amá.

Algo se quebró dentro de la choza y, después, don Elías salió gritando.

—Le doy una semana más, Lupe, una semana para que lo piense. ¡La próxima vez no seré tan generoso con mi oferta!

Se marchó sin siquiera notar que Juana estaba sentada en la roca. Juana entró corriendo en la choza y encontró a su madre en el suelo, llorando. Tuvo mucho cuidado de no pisar los pedazos de vidrio dispersos cerca de la puerta.

—Dijo que va a decirles a todos los del pueblo que no me den trabajo. No puedo perder mi trabajo en la estación, Juana. ¿Con qué comeríamos?

Juana se sentó al lado de Amá y con delicadeza echó para atrás los cabellos negros que cubrían la cara de su madre.

—Apá pronto nos escribirá, ya verás —dijo Juana. Amá se aferró de las palabras de Juana, asintió con la cabeza y sonrió levemente antes de ponerse a llorar nuevamente.

Al día siguiente, Juana fue al pueblo a visitar a su abuela. La encontró sentada, cabeceando, bajo la sombra de una enredadera de buganvilia en su patio. La cabeza se le movió hacia adelante, y al roncar ella la echó para atrás contra la silla.

—Abuelita —llamó Juana, pero su abuela continuó roncando—. ¡Abuelita!

Abuelita Elena despertó temblando. Arrastró la mirada y miró a Juana con recelo al verla de pie ante el portón.

—Vine a preguntar por Apá —dijo Juana al entrar y ponerse de pie al lado de su abuela.

—¿Te mandó tu madre, eh? —preguntó abuelita Elena—. ¿Qué le importa a ella mi hijo? Todo lo que le importaba a esa inútil era hacerle la vida miserable a mi hijo. «Mijo», le dije, «esa mujer no es pa' ti». No sabe cocinar. No sabe limpiar. No puede ni siquiera cuidar bien a los niños. Mira cuántas criaturas han muerto. ¿Y quién sufre más? Mi hijo. Es mi hijo el que tiene que trabajar como burro tratando de pagar sus deudas. ¿Pero me hizo caso? No, todo lo que tu padre veía eran esas tetas grandes que ella tiene y ese culo grande que le gusta menear al caminar.

Juana se mordió los labios para no gritarle a abuelita Elena que su madre nunca hacía tales cosas, pero sabía que si la hacía enojar, abuelita Elena no le daría ninguna noticia.

—¿Abuelita, ha sabido algo de mi apá? —ella la miró con recelo sin decir nada. Juana se preguntó si sería tan cruel como para ocultar la información—. Por favor, abuelita, dígame si ha sabido algo.

El labio inferior de abuelita le tembló levemente.

—No, criatura. No he recibido noticias de mi hijo. Es como si se lo hubiera tragado la tierra.

Juana no supo qué decir. Se había hecho las esperanzas de que ella supiera algo. Le dio las gracias y giró para irse.

—Y dile a esa madre tuya que deje de estar mandándote a pedir información. Yo le dije a mi hijo que ella sería su muerte, pero no le hizo caso a su madre. Y ahora ha desaparecido. ¿Dónde está mi hijo? ¿Dónde está mi hijo?

Abuelita Elena se cubrió la cara con las manos. Juana caminó de puntitas hacia el portón y lo cerró tras ella al marcharse.

Don Elías cumplió su palabra. Cuando Amá se presentó en la estación de trenes para ayudar a doña Rosa con el puesto de comida, ella le dijo que ya no podía trabajar ahí.

—Perdóname, Lupe, por favor —dijo doña Rosa—. Pero tú sabes que don Elías fue tan amable en cubrir los gastos del funeral cuando se murió mi madre, y bueno, él dijó que si no hacía lo que él decía, que me obligaría a pagarle todo lo que le debo de un jalón. No es nada personal, Lupe, perdóname. Mira, llévate estas quesadillas, dale a Juana para que coma.

Cuando Amá le contó eso a Juana, ella no quiso comerse las quesadillas, pero su estómago gruñó en desacuerdo. Se había comido sólo un pedazo de pan y café aguado para el desayuno.

—No podemos ser orgullosas, Juana —dijo Amá, pero las quesadillas se quedaron sobre la mesa todo el día. Y en la noche, cuando las dos se sentaron a comer tortillas endurecidas con chiles verdes, las quesadillas siguieron en la mesa, hasta que Amá las tiró al otro día.

Durante los días siguientes, Amá caminó por todo el pueblo buscando trabajo, pero todos negaban con la cabeza. Como lo predijo don Elías, todos le debían uno que otro favor.

—Ay, comadre, tiene que haber algo que puedas hacer pa' ganar dinero, —le dijo Antonia a Amá.

—He preguntado por todos lados, Antonia —dijo Amá—. Hasta le pregunté a la gente si podía lavarle y plancharle la ropa por un precio muy bajo y todos dijeron que no.

—No te preocupes, Lupe, yo te ayudaré todo lo que pueda. La poca comida que traiga mi esposo a casa la compartiré contigo y con mi ahijada.

—Gracias, comadre, pero no puedo aceptarte esas cosas. No seré una carga pa' nadie. Juana y yo estaremos bien. Sea como sea.

—Necesitas cuidarte, comadre. Especialmente ahora que estás sola.

—Estaremos bien. De una u otra manera nos las arreglaremos.

adelina

Adelina conoció al Dr. Sebastián Luna en el Hospital General. Una de las mujeres que se quedaban en el refugio había regresado recientemente con su esposo y él la había golpeado nuevamente. Había llamado a Maggie desde el hospital para contarle lo ocurrido. Maggie y Adelina fueron a verla.

—Laura, todo va a estar bien, ya verás —dijo Maggie al estrecharle la mano. Laura negó con la cabeza y continuó sollozando.

—No sé por qué lo hace. Yo sé que me quiere. Es el alcohol que toma lo que lo hace perder la cabeza.

Adelina caminó hacia la ventana detrás de la rejilla y miró hacia afuera. Había empezado a trabajar en el refugio hacía unos días. Antes de eso, había trabajado en el Centro de Ayuda en Boyle Heights, y antes de eso, había sido voluntaria dando clases de alfabetización en el Downtown Women's Center mientras terminaba su carrera. Aun así, a pesar de tantos años de ayudar a mujeres maltratadas, se le hacía difícil mirar la cara moreteada de Laura.

Alguien tocó a la puerta, y Adelina escuchó a alguien entrar al cuarto.

—Buenas tardes, Dr. Luna. Mucho gusto en verlo —Adelina escuchó a Maggie decir. Oyó una silla crujir al levantarse Maggie.

—Me da mucho gusto verte, también, Maggie. ¿Cómo están todos en el refugio?

—Ahí la van pasando, doctor.

Adelina se quedó quieta, sujetando la cortina con una mano. A través de la rejilla, podía apenas ver al doctor de pie al lado de la cama de Laura. Se movió para un lado y lo vio revisándole las heridas a Laura. Notó las líneas de sus manos y la curva de sus labios al sonreír.

—Vas a quedar como nueva en unos pocos días más —le dijó él a Laura.

Al ponerse de pie para marcharse, el Dr. Luna levantó la mirada.

—Ella es Adelina —dijo Maggie al hacerle señas a Adelina para que se acercara—. Empezó a trabajar en el refugio hace unos días.

El Dr. Luna estiró la mano para saludarla.

—Mucho gusto en conocerla —dijo él—. Soy Sebastián Luna.

—Adelina Vásquez.

—Un placer, señorita Vásquez.

—Él es uno de los doctores que donan sus servicios al refugio —dijo Maggie—. Va dos veces al mes.

El Dr. Luna se despidió de ellas. Adelina miró fijamente la puerta cerrada. Todavía podía ver la cara joven del doctor Luna y la manera en que sus ojos verdes la habían mirado.

juana

Juana rebuscó en una de las cajas de madera que los vendedores habían tirado antes de cerrar sus puestos en el mercado. Encontró unos cuantos tomates aguados y chiles que se habían empezado a podrir. Cuatro niños callejeros también estaban buscando comida. Uno de ellos saltó en el basurero para buscar carne, aunque los otros niños le dijeron que era una búsqueda inútil.

Los perros callejeros y las moscas competían con Juana y los niños. Las moscas volaban alrededor de las frutas y los vegetales podridos, y los perros olfateaban las cajas dispersas alrededor. El niño sacó la cabeza del basurero y suspiró. Alzó huesos de pollo y bolas de grasa.

—¡Miren! —gritó al subir la mano para señalar. Una bola de grasa se deslizó de su mano y cayó encima del hombro de Juana. Parecía un pedazo de flan.

Juana volteó a ver un perro callejero sacando un pollo de una caja. Ella sabía que la carne estaba descompuesta, pero a pesar de eso, la boca se le hizo agua. Los niños corretearon al perro y Juana rápidamente siguió tras ellos.

Cuando el perro los vio venir, recogió el pollo y salió huyendo. Juana y los niños lo persiguieron por unas cuadras, hasta que éste se metió en un patio y se escondió.

—Casi lo alcanzábamos —dijo uno de los niños.

Juana regresó al mercado y recogió unas zanahorias marchitas y un repollo de una caja. Le pediría a Amá que hiciera una sopa para la cena.

Ya estaba anocheciendo cuando Juana se aproximaba a su casa. Dejó de caminar para mirar las siluetas de las montañas contra el cielo anaranjado. Pensó en su padre y se preguntó lo que estaría haciendo en ese momento. Miró la milpa ladearse suavemente con la brisa. A Amá le gustaba mucho comer elotes asados en el brasero. Juana miró las verduras mohosas que tenía en las manos, deseando poderle llevar algo mejor a Amá.

Juana aventó las verduras al suelo y se echó a correr hacia el río, luego cruzó el árbol caído que conectaba una orilla a la otra. Pronto se encontró en los campos. La milpa se ladeaba a su alrededor, meciendo los elotes como si fueran bebés. Ella se fue caminando despacio por la milpa tratando de no hacer ruido.

La oscuridad cayó rápidamente y apenas podía ver los elotes. Corrió sus dedos sobre la milpa y quebró un elote, y otro, y otro. Al estirarse para tomar otro, un balazo explotó en el aire. Bandadas de pájaros volaron al cielo a su alrededor. Otro balazo siguió y ella se echó a correr.

—Ladrones, ¡sálganse de mis campos! —gritó un hombre.

Juana no podía ver a dónde iba. Otro balazo le pasó tan cerca que el sonido le dejó los oídos rezumbando. Se cayó al suelo, y los elotes rodaron en la otra dirección. Se levantó de un salto y continuó corriendo por la milpa y sintió las hojas filosas cortarle la piel de las piernas y los brazos.

Juana cruzó el árbol caído que llevaba al otro lado del río y no dejó de correr hasta llegar a su casa. Jadeó y se quedó fuera mirándose las manos. Estaban vacías.

Don Elías se presentó al otro día con dos judiciales vestidos con uniformes negros y gorras. Juana trató de cerrarles la puerta pero uno de los judiciales empujó la puerta para abrirla.

—¿Dónde está tu madre? —preguntó don Elías.

Juana volteó a mirar a su madre recostada en el catre. La cara de Amá estaba pálida y tenía círculos negros bajo los ojos. Juana sabía que no estaba durmiendo bien. Su estómago no podía guardar comida alguna y sus piernas estaban tan débiles que no la aguantaban.

Antes de que Juana pudiera contestarles, don Elías y los judiciales la empujaron a un lado y entraron en la choza. Los ojos de Amá se abrieron con miedo al mirarlos.

—Le dije Lupe que la próxima vez no sería amable —dijo don Elías.

—Señora García, no pagar una deuda es un delito serio. Y don Elías aquí presente la ha acusado de robo —dijo uno de los judiciales.

—La debemos llevar a la comisaría —dijo el otro.

Juana corrió hasta el catre y se colocó entre ellos y su madre.

—Salgan de nuestra casa. Yo no les permitiré que se lleven a mi madre. ¡Sálganse!

Los judiciales se quitaron los rifles que cargaban en la espalda y los colocaron frente a ellos.

Amá levantó las manos.

—Por favor, no hay necesidad de eso —Le echó un brazo encima a Juana y miró a don Elías—. Por favor, señor, sea piadoso. No puedo ir a la cárcel. Mi hija, señor, no puedo dejar a mi hija.

—Lupe, le ofrecí ayudarla para pagar su deuda —dijo don Elías al caminar hacia ella—. No tenía que llegar a esto.

—Por favor, señor —dijo Amá.

—Podemos solucionar esto, estoy seguro. Podemos hacer otros arreglos —dijo don Elías—. ¿Qué no?

Juana miró a Amá. No sabía qué pensar. No quería perder a su madre, ¿pero podría soportar ver a su madre tragarse su orgullo y hacer arreglos con ese hombre? Y ¿a qué tipo de arreglos se refería? Amá miró a Juana.

—Por favor permítame hablar con mi hija a solas.

Los judiciales miraron a don Elías. Cuando él asintió con la cabeza los tres salieron de la casa. Amá puso las manos sobre los hombros de Juana y con suavidad la sentó en el catre. Ella se mantuvo de pie.

—Mija —dijo ella—, yo no sé por qué nuestros rezos no han sido respondidos. Parece como si la Virgencita no nos escuchara más. Ella se ha vuelto sorda a nuestras súplicas. Y ahora hemos llegado a esto, Juana. Yo sé que la decisión que he tomado me condenará, pero no veo otra solución. Pero quiero que sepas esto. Yo aún amo a tu padre, Juana. Siempre amaré a tu padre.

—Amá, ¿Qué?

—Calla, mija. Sólo recuerda que siempre estaré contigo. Yo quedé huérfana cuando era muy pequeña y sé cómo se sufre al no tener una madre que te ame y te cuide. Yo no te haré pasar por eso.

Amá le besó la frente a Juana y luego salió de la casa. Juana no escuchó lo que Amá le dijo a don Elías. Todo lo que supo fue que don Elías se marchó con una sonrisa, diciendo que regresaría la mañana siguiente a cobrar su primer pago.

Amá mandó a Juana a que jugara con los niños allá en el terreno vacío por la casa de don Agustín. Juana no tenía ganas de ir, pero sabía que Amá quería estar a solas. En el terreno vacío, los muchachos estaban terminando un juego de fútbol. Estaban riendo, gritando, felicitándose al hacer buenas jugadas. Juana era una buena jugadora y quería jugar fútbol con los muchachos, pero ellos nunca permitían que las niñas jugaran en el equipo. Su padre le había enseñado a jugar y solía jugar con ella afuera de la choza, aunque su madre casi nunca lo aprobó. Amá siempre había querido darle a Apá un hijo con quien jugar al fútbol.

—Oye, Juana, oí decir que don Elías le está echando los perros a tu madre.

Juana volteó a mirar al grupo de niñas que estaban saltando la cuerda. Una de ellas estaba de pie, esperando su turno. Fue ella quien le había hablado.

—Pues, eso no es cierto. Y ¿por qué no dejas de meter las narices donde no te llaman? —dijo Juana.

—Bueno, pues yo he escuchado que tu padre se ha olvidado de ti y de tu madre —dijo otra niña—. De seguro que ya se buscó a una gringa.

Las niñas se rieron.

—¡Cállate el hocico! —gritó Juana—. Tú no sabes nada sobre mi apá. Así que cállate. ¡Cállate!

Juana se agachó y recogió unas piedras del suelo. Se las lanzó a las niñas y cuando sus manos se quedaron vacías, se echó a correr hasta el río. Las lágrimas no la dejaban ver claramente a dónde se dirigía, pero podía escuchar el murmullo de la corriente más adelante. Cuando llegó, se quedó de pie bajo uno de los guamúchiles que crecían a la orilla del río y contempló el agua.

El viento soplaba entre los árboles y la corriente corría de prisa, dirigiéndose a lugares que ella nunca había visitado. Lentamente Juana se metió en el agua. Estaba helada. El vestido se expandió como un paraguas y flotó a su alrededor.

Como no sabía nadar, sus dedos se enterraron dentro del lodo, tratando de anclar su cuerpo para que no se la llevara la corriente. Se sentó en uno de los lavaderos. Ella y Amá a veces venían al río a lavar la ropa. Recordó que el río serpenteaba al otro lado de las montañas. ¿Podría llevarla hasta allá, al otro lado para encontrar a Apá?

—Juana, ¿qué estás haciendo?

Juana volteó y miró a su madrina de pie detrás de ella. Tenía a su pequeña hija, Sara, tomada de la mano.

—Sólo estoy pensando —dijo Juana.

—Sal del río, Juana, no sabes nadar. ¿Acaso le quieres causar más aflicción a tu madre? Yo no pienso que ella aguantaría perder a otra hija.

Juana bajó la cabeza. Había una hija que Amá había perdido por su culpa.

—Lo siento, Juana. No quise decir tales cosas. Pérdoname, yo sólo estoy preocupada por Lupe. Ven, dame la mano.

Juana se estiró y tomó la mano de Antonia. Caminó a su

lado, dirigiéndose hacia la choza. La pequeña Sara se lanzó entre los matorrales para buscar luciérnagas.

—He tratado de pedirle dinero prestado a la gente, Juana, pero sólo he podido juntar como cuarenta pesos —dijo Antonia.

Juana no dijo nada. No quería decirle a Antonia lo que había pasado con don Elías. No quería decirle que no servía de nada tratar de pedirle dinero prestado a la gente.

—¡Atrapé una! —Sara atrapó una luciérnaga y la guardó entre sus manos. La observó a través de sus dedos entreabiertos—. Mira, Juana, ¡mira! —dijo al correr hacia Juana—. Si atrapamos muchas de ellas podríamos alumbrar toda tu casa. ¡Así podrías imaginar que tienes electricidad!

Juana separó las manos de Sara y dejó que escapara la luciérnaga.

—No, Sara. Tienen que estar libres, si no se mueren.

Don Elías se presentó oliendo como si se acabara de echar toda la botella de colonia encima. Juana se esforzó para no taparse la nariz al abrirle la puerta. Él estaba sonriendo y en su mano apretaba un ramo de rosas.

Carraspeó y luego preguntó por Amá.

Juana le echó un vistazo a su madre. Estaba sentada inmóvil en el catre. Todo el día había estado sentada allí, sin decir palabra. Pero anoche, anoche había llorado hasta las tempranas horas de la madrugada. Cuando la luz del día empezó a filtrarse por los palos de bambú, Amá se limpió la última lágrima.

—¿Ya está aquí? —Amá finalmente se volteó y miró a Juana. Juana asintió con la cabeza.

—Buenas tardes, Lupe —gritó don Elías. Amá caminó hacia la puerta y miró a don Elías, que estaba recién bañado. Aun así apestaba a sudor, a pesar de la colonia. Ella no le dirigió la palabra. Miró a Juana y le pidió que se fuera.

—¡Pero Amá!

—Vete, Juana. Ve a la casa de Antonia. Te ha invitado a almorzar. Le dije que irías.

Juana se miró los pies descalzos. No podía marcharse y dejar a Amá sola con ese hombre. En verdad no podía.

—Juana, por favor —dijo Amá—. Debes hacer lo que te pido.

Don Elías carraspeó y miró a Juana con impaciencia. Juana miró a su madre una vez más antes de salir por la puerta. Empezó a caminar hacia el río, sin saber qué hacer. Se dio la vuelta y vio que Amá todavía estaba de pie allá, mirándola alejarse. ¿Acaso se quería asegurar que en realidad se marchara?

Juana siguió caminando, pero de vez en cuando le echaba un vistazo a la choza. Finalmente la puerta de la choza se cerró. Juana se agachó a recoger un diente de león que le estaba haciendo cosquillas en el pie.

«Apá, por favor escríbenos», dijo ella al viento que soplaba por su cabello. Miró las montañas. Sopló el diente de león y miró sus palabras transportadas en las semillas, como si fueran paracaídas en miniatura, flotando en el aire.

Juana se volteó a mirar la choza. Amá dijo que su madrina la estaba esperando para almorzar, pero ella no tenía ganas de comer. ¿Cómo podría probar bocado sabiendo que don Elías y Amá estaban a solas? Y ¿qúe tal si él la lastimaba?

Juana se echó a correr de regreso a la choza. Se detuvo ante la puerta, jadeando. Cuando se le estabilizó la respiración empujó la puerta, pero la puerta no se movió. Estaba cerrada con llave por dentro. Juana caminó al otro lado de la choza y puso la cara contra la pared. A través de las rendijas entre los palos de bambú Juana miró algo que hizo que sus ojos se ensancharan de asco.

Miró a su madre desnuda, inclinándose sobre el catre. Y detrás de ella, e igual de desnudo, estaba don Elías, gruñendo y resoplando al empujarse contra ella.

A veces cuando visitaba a doña Martina, Juana la ayudaba a alimentar a los puercos en el corral. Una vez, cuando se dirigía a alimentarlos, escuchó a uno de ellos chillar tan fuerte que le lastimó los oídos. Ella corrió, pensando que algo andaba mal. Cuando llegó vio que uno de los marranos estaba encima de una marrana. La marrana estaba intentando quitárselo de encima, pero el marrano se agarró fuerte y no se soltó. La marrana chillaba lo más fuerte que podía, pero no pudo escapar de la violación.

—Hágalo que pare, doña Martina. ¡Hágalo que pare! —había gritado Juana.

Doña Martina le echó un brazo encima y le dijo: —No te preocupes, Juana, están haciendo el amor. Pronto tendremos cochinitos y te regalaré uno.

Pero cuando nacieron los marranitos, la marrana los mató a todos.

Juana miró la cara de su madre contraerse de dolor. Amá no estaba gritando, no estaba gimiendo. No estaba haciendo ruido alguno. Pero por algún motivo Juana se tapó los oídos imaginándose los chillidos de una marrana al ser violada.

• • •

Juana regresó a casa al anochecer. Entró en la choza oscura, preguntándose dónde estaba su madre. Ni las velas en el altar, ni las velas en la mesa, estaban encendidas. Lentamente, Juana se encaminó hacia la mesa. Puso sobre ella la olla de sopa que Antonia le había mandado a Amá. Prendió un cerillo y encendió las velas. Observó la llama bailar frente a ella; era anaranjada, roja, amarilla, con un poquito de azul en la punta.

Juana recorrió la vista alrededor de la choza, mirando las sombras extrañas en las paredes que creaba la luz de las velas. Y luego vio a Amá, acurrucada en una esquina, su cabello negro y largo tendido sobre ella como un rebozo. Había platos y tazas por todo alrededor.

—¿Amá? —preguntó Juana. Caminó hacia su madre y trató de levantarla.

—No me toques, Juana —dijo Amá—. No estoy limpia.

—Levántese del piso, Amá, venga a comer algo.

Amá negó con la cabeza. Se puso los brazos sobre las piernas, escondió su cara entre su cabello, y empezó a mecerse hacia atrás y hacia adelante, para atrás y para adelante. Juana decidió dejarla ahí, y empezó a recoger los platos y a regresarlos a la caja. Amá la detuvo.

—Déjalos ahí, Juana.

Juana continuó guardando los platos en la caja, teniendo cuidado de no quebrarlos.

—¡Te dije que los dejaras ahí! —Amá le arrebató el plato. Puso el plato en frente de ella y dijo sacudiendo el plato una y otra vez: —¿Por qué?

Juana trató de quitarle el plato a Amá, pero Amá tomó la caja y salió corriendo de la casa. Juana corrió tras su madre.

—Amá, démelos. ¡Démelos!

Afuera, Amá empezó a tirar los platos contra las piedras. Uno por uno los platos salieron volando, estrellándose en cien pedazos.

—¿Cómo pudiste hacerme esto? ¿Cómo? —gritó Amá antes de mandar una taza por los aires.

Juana trató de detener a su madre, pero Amá la empujó y continuó tirando tazas y platos. Juana le arrebató el último plato. Jaló y jaló, Amá rehusaba soltarlo.

—Dámelo, dámelo —dijo Amá. Juana enterró los talones en el suelo y jaló más fuerte. Finalmente, se colocó frente a su madre deteniendo el último plato, el único plato que quedaba de su herencia.

adelina

Adelina observó fijamente al muchacho caminando por el pasillo hacia el baño. ¿Por qué sería que al mirar a este muchacho el cuerpo se le estremecía de dolor? Él volteó a mirarla brevemente. Ella quería cerrar los ojos. Había algo en él, en la manera en que inclinaba la cabeza, en la nariz chueca y los ojos caídos que hacían que su corazón se sintiera como si una mano lo estuviera apretando fuertemente.

Volteó para mirar por la ventana cuando el autobús se detuvo para que bajaran unos pasajeros. Estaba a dos horas de su destino. Una indígena estaba de pie afuera del autobús con una mano alzada pidiendo limosna. Tenía a un niño pequeño atado a su espalda con un rebozo. Lentamente caminó a lo largo del autobús con la mano extendida. Los pasajeros miraron hacia otro lado, fingiendo no haberla visto.

Adelina oyó que la puerta del baño se abría, pero no volteó a mirar al muchacho que se dirigía hacia su asiento. Prefirió abrazar contra su pecho la caja que contenía las cenizas de su padre.

Alguien tocó a la ventana y Adelina volteó a mirar a la mujer con la mano estirada hacia ella. Adelina miró al niño y vio los mocos que le salían de la nariz. El autobús empezó a avanzar, listo para entrar a la autopista. La mujer apresuró el paso. Adelina rápidamente sacó dos billetes de 20.00 dólares y se los dio a la mujer. Aún no había cambiado sus dólares por pesos.

—Para su hijo —dijo ella.

La mujer apretó los billetes contra su boca y despidió a Adelina con la mano mientras el autobús entraba en la autopista. Adelina miró a la mujer a través de la nube de polvo que el autobús dejaba detrás.

juana

Desde la roca en la cima de la colina, Juana podía ver el pueblo soñoliento en el valle, las torres de la iglesia apuntando como dos dedos al cielo, los campos, el río que los dividía en dos, las montañas que rodeaban al pueblo. Pero eran las montañas al oeste lo que ocupaba más su atención. Esas eran las montañas que Apá había señalado cuando dijo que él estaría en El Otro Lado.

Juana miró la luna avanzando pulgada por pulgada a través del cielo. Poco a poco había cambiado, siendo primero un pequeño trocito plateado hasta lo que era ahora, casi un círculo completo, brillante y lleno.

Así era como Amá había cambiado, también. Poco a poco. El viento sopló las palabras de la gente del pueblo a través de las calles, alcanzando a Juana y a Amá.

—Ahí va la puta de don Elías —dijeron ellas.

—No puedo imaginar qué diría Miguel si regresara y encontrara a su esposa en esa condición, en los brazos de otro hombre.

—Ni Dios lo quiera.

Habían pasado nueve meses desde que Apá se marchó, siete y medio desde que Don Elías empezó a venir a la choza todos los días. Y Amá ahora era una luna llena. Una barriga redonda. Un bebé creciendo dentro de ella.

Don Elías caminaba en el pueblo con el pecho inflado como un gallo. Juana se preguntaba por qué su esposa nunca le dio un hijo. Y también se preguntaba por qué el resto de las mujeres que habían caído presas de don Elías nunca se habían embarazado tampoco. ¿Por qué tuvo que ser su madre?

Ya hacía muchos meses que Amá había dejado de cuidar el altar. No había velas prendidas en la noche, no se decían rezos. Las flores ya no eran reemplazadas por flores silvestres recién cortadas. Se habían marchitado hacía mucho, y ahora sólo los tallos quedaban en los floreros, los pétalos secos esparcidos sobre el altar como confeti.

El rosario negro de Amá estaba en la mesa sin ser tocado. Las estatuas de los santos y la Virgen de Guadalupe habían sido volteados hacia la pared. «Los santos se han vuelto sordos», le había dicho Amá a Juana. Juana hubiera querido tener el valor para voltearlos nuevamente, pero no lo pudo hacer. Ellos verían las cosas que Amá no quería que vieran.

A mitad de la noche Juana se despertó y caminó de puntas hacia la puerta. Iba a ir a su roca para mirar la luna llena. Le quitó la llave a la puerta y lentamente la abrió tratando de no hacer ruido.

—¿A dónde vas, Juana?

Juana volteó para mirar la oscuridad, pero no pudo ver a

Amá acostada en el catre. Amá ya no dormía con Juana. Y de cierta manera Juana se alegraba. Ya no quería dormir junto a su madre, sabiendo que el bebé de don Elías estaba dentro de ella.

—Voy al retrete pa' orinar —mintió Juana.

—¡Ay!

Juana dio un paso hacia Amá. ¿Qué le pasaba?

—¿Amá?

—Es el bebé, Juana. El bebé ya viene. Corre a la casa de don Agustín y dile a doña Martina que venga.

Juana se dio la vuelta y corrió hacia el grupo de chozas más allá del río. Tocó la puerta.

—¿Doña Martina? ¿Doña Martina? —Levantó la vista al cielo. Tenía razón. La luna estaba llena esa noche.

—¿Quién es? —preguntó don Agustín dentro de la choza.

—Es Juana. El bebé ya viene.

Doña Martina abrió la puerta envuelta en su rebozo.

—¿Ya es hora?

Juana asintió con la cabeza.

Caminaron de regreso a la choza. Cuando llegaron, Juana encendió las velas que había en la mesa, y luego tomó todas las velas polvorientas que estaban sobre el altar y las puso en el piso, alrededor del catre de Amá, para que doña Martina pudiera ver mejor.

Amá estaba recostada en el catre, respirando aire lentamente para calmarse. Su cara estaba bañada en sudor.

—La fuente se ha roto —dijo Amá.

Doña Martina asintió con la cabeza. Puso las manos sobre la barriga hinchada de Amá.

—El bebé se ha volteado. No será un parto difícil.

Juana se sentó en su catre y miró hacia el catre de Amá que estaba rodeado de velas. Las sombras que las velas proyectaban bailaban sobre las paredes.

Juana observó a doña Martina encender el carbón en el brasero y poner agua a hervir. La vio sacar toallas limpias de su bolsa y ponerlas en la mesa. Luego doña Martina llenó una vasija de agua, se sentó al lado de Amá y con delicadeza le lavó la cara.

Juana quería ir a ayudarla. Deseaba ser ella la que estuviera limpiando el sudor de la cara de Amá, pero no logró ponerse de pie.

Se pasaron el resto de la noche escuchando los gemidos de Amá. En la madrugada, las contracciones eran bastante frecuente como para que doña Martina dijera que era hora de empujar.

—Ven y ayuda a tu madre, Juana —dijo doña Martina. Con reticencia, Juana colocó almohadas detrás de Amá y ayudó a doña Martina a doblar las rodillas de Amá y a acomodar sus pies más cerca de sus muslos. Amá se sujetó de las rodillas y las sostuvo.

—Está bien, Lupe, cuando sientas que vienen las contracciones empuja lo más que puedas —dijo doña Martina.

Amá gritó y empujó. Gritó y empujó. Juana también sentía dolor. Esta era la primera vez que presenciaba un parto. No había estado presente cuando María y Anita nacieron. Antonia fue la que ayudó a Amá. Pero esta vez Antonia dejó de venir el día que notó el bulto bajo el vestido de Amá.

—Ya puedo ver la cabeza, Lupe, sigue empujando. Ya mero sale. Ya mero terminas.

Amá soltó un largo grito. En una toalla doña Martina recibió al bebé, cubierto de mucosidad. Doña Martina metió su dedo en la boca del bebé para limpiársela. El bebé soltó un grito. Parecían los maullidos de un gatito.

—Es un varoncito, Lupe. Un varoncito bello y saludable.

Doña Martina colocó al bebé sobre el estómago de Amá que estaba marcado con estrías moradas. Juana miró el cordón umbilical que aún pulsaba.

—Un niño, un pequeño niño —dijo Amá sollozando—. Mi hijo.

Juana miró al bebé. Su hermano. El niño que Amá siempre le quiso dar a Apá.

El hijo que don Elías había deseado y ahora tenía.

Juana observó a doña Martina limpiar a Amá, pero la sangre seguía escurriendo.

—¿Qué le pasa? —preguntó Juana.

—Se desgarró —dijo doña Martina en voz baja para que Amá no la oyera—. Rápido, Juana, encuentra todas las toallas que puedas.

Juana hizo lo que se le pidió. Doña Martina sacó hierbas de su bolsa y empezó a hacer una cataplasma.

—¿Qué está pasando? —preguntó Amá, asustada. Juana miró que las toallas que tenía su madre entre las piernas rápidamente se pusieron rojas. Las reemplazó con otras toallas.

—Todo está bien, Lupe. Yo me encargaré de esto. No te preocupes. Yo me encargaré —dijo doña Martina.

—Martina, tengo frío. Tengo harto frío —dijo Amá.

Juana corrió a su catre y jaló la manta. La sacudió para asegurarse que no hubiera alacranes escondidos entre los pliegues y luego corrió hacia su madre y puso la colcha sobre ella y el bebé.

—No quiero morirme, Juana. No quiero morirme. Tú me necesitas, Juana —dijo Amá.

—Chis, Amá, todo va a estar bien. Todo va a estar bien —Juana se recargó contra su madre y la abrazó.

—Juana, mantén a tu madre despierta —dijo doña Martina—. No permitas que se duerma. Manténla despierta.

Don Elías llegó con docenas de rosas. Colocó los ramos en el piso cerca de la cama de Amá. Juana notó que Amá apretaba al bebé que estaba amamantando. Amá colocó una manta sobre el bebé y sobre ella para cubrirse el seno que estaba descubierto.

Juana se preguntó quién le habría dicho a don Elías sobre el nacimiento del niño el día anterior. De seguro que no había sido doña Martina. Apenas se había ido hacía unas pocas horas. Había trabajado mucho para detener la hemorragia. Y aun después de que había logrado controlarla, no había descansado. Permaneció al lado de Amá y le revisó la respiración mientras Amá dormía. Bañó al bebé con una esponja y lo vistió con la ropa que Amá había tejido durante los últimos meses.

Doña Martina se marchó al mediodía, diciendo que regresaría para revisar a Amá.

—Mi hijo, déjame ver a mi hijo —dijo don Elías. Amá apretó al bebé más fuerte.

—Está comiendo —dijo ella.

Don Elías pareció no haberla escuchado. Le arrebató la manta a Amá para mirar al bebé. Juana miró el seno grande de su madre. Quería correr al catre para cubrirla. Don Elías inclinó la cabeza. Amá desvió la mirada y Juana pudo ver las lágrimas acumulándose en los ojos.

—Necesita retirarse —dijo Amá—. El bebé necesita dormir.

—Basta, Lupe, yo no me voy a ningún lado. Quiero ver a mi hijo. Quiero cargarlo —dijo don Elías—. No me puedes negar eso.

—Mi madre necesita descansar —dijo Juana.

¿Acaso ese hombre era tonto? ¿Por qué no podía entender que Amá estaba cansada y aún débil por haber perdido tanta sangre?

—No te metas, escuincla —dijo don Elías—. Si no fuera por este bebé, te hubieras muerto de hambre ya hace mucho tiempo.

Juana miró a su madre. ¿Qué quería decir don Elías con eso? Amá desvió la mirada, avergonzada.

—¿Qué, acaso no te dijo tu madre de dónde venía toda esa comida que traía a casa? —preguntó don Elías.

—Ya basta, Elías —dijo Amá.

—Le aceptó dinero, ¿verdad? —reclamó Juana—. Todo lo que traía a casa no se lo dio doña Martina ni mi madrina, vino de él —dijo Juana, apuntando a don Elías.

Juana hubiera querido vomitar todo lo que había comido los últimos siete meses.

—Juana —dijo Amá—. No me quedó más remedio. Tuve que pensar en ti. Tuve que pensar en el bebé. Si no me alimentaba bien le podía haber afectado, ¿entiendes?

—Sí, mi hijo —dijo don Elías otra vez—. Él será mi heredero. Será mi orgullo. Yo lo voy a criar como…

—No hará tal cosa —dijo Amá—. Yo lo voy a criar como un buen hombre. Lo voy a cuidar y le enseñaré los derechos que un hombre debe tener. Respeto, honestidad, y sobre todo, compasión.

Don Elías carraspeó. El bebé soltó el seno de Amá, se había dormido. Amá se metió el seno dentro del vestido.

—Lupe, no puedes mantenerme alejado de la vida de mi hijo. Yo soy su padre, no se te olvide.

Tomó al bebé de los brazos de Amá y lo arrulló. El bebé se movió y empezó a llorar. Al mirar a don Elías cargar al bebé, a Juana le dieron ganas de arrebatárselo.

—Es un niño grande, ¿verdad, Lupe? ¿Te imaginas si hubiera nacido a los nueve meses y no a los siete y medio? —dijo don Elías.

Juana miró al bebé y se dio cuenta que don Elías tenía razón. Era grande para ser un bebé prematuro.

—No diga tonterías —dijo Amá—. La criatura no está grande.

Don Elías se emborrachó esa noche y le contó a todos con los que se topaba sobre su hijo recién nacido. A la mañana siguiente, mientras caminaba por la calle para tomar el autobús rumbo al mercado para comprar patas de pollo y verdura para un caldo, Juana podía escuchar a la gente hablar sobre eso. El descaro de Lupe. ¿Acaso no sentía vergüenza de tener un hijo de un hombre que no era su marido? Y eso no era todo. ¿Cómo se atrevió a tener un hijo con un hombre casado? Un hombre que su esposa no le podía dar sus propios hijos.

Mientras esperaba el autobús, Juana no despegó la mirada del suelo, pensando en Amá y el bebé. Se prometió que lo primerito que haría a la mañana siguiente sería buscar trabajo. Ya pronto cumpliría los trece años. Pronto sería una muchacha.

De repente Juana sintió que alguien la miraba. Dos ojos con

una mirada que quemaba. Juana levantó la vista y vio una fila de taxis en frente de ella, esperando a que avanzara el tráfico. Miró a la pasajera en uno de los taxis. La esposa de don Elías la miraba fijamente a través de la ventana del taxi. Estaba tan cerca que Juana claramente podía verle los ojos. Estaban rojos e hinchados, como si unas abejas se los hubieran picado.

adelina

—¿Adelina? El Dr. Luna está aquí —dijo Maggie—. Le gustaría platicar con Laura para ver cómo está.

Adelina volteó y lo miró de pie junto a Maggie. Él llevaba pantalones de mezclilla y una camisa azul de manga larga. Su cabello estaba peinado hacia atrás. Adelina se olvidó de respirar por un instante. Él le sonreía, de la misma manera que un estudiante jovencito le sonreiría a la muchacha que le gusta, con una sonrisa tímida y dulce.

Adelina se sonrojó.

—Sí, por supuesto. Entre, Dr. Luna —dijo ella.

—Buenas tardes, Dr. Luna —dijo Laura al incorporarse en la cama—. Qué lindo que me haya venido a visitar.

Adelina cerró el libro que le había estado leyendo a Laura y se levantó para retirarse.

—Está bien si desea quedarse —dijo el Dr. Luna—. Sólo estaré unos minutos. No quisiera interrumpir su lectura.

Adelina colocó el libro en la mesita de noche y miró sus ojos verdes. Necesitaba poner distancia entre ellos. Le asustaba la manera en que se sentía en presencia del doctor. Ella no permitiría que este hombre entrara en su vida después de lo mucho que había batallado para poner su vida en orden. No quería a ningún hombre en su vida. Había tenido suficientes. El único hombre al que le había permitido quedarse dentro de su corazón era a su padre. Aunque sólo fuera un recuerdo.

—Puede quedarse el tiempo que guste, doctor —dijo Adelina—. Ahora, si me disculpan, los dejo para que hablen.

Adelina se marchó del cuarto con el corazón latiéndole rápidamente. Quería quedarse, pero no se lo pudo permitir.

juana

La próxima vez que don Elías volvió a la choza, su esposa llegó con él. Al verla de pie detrás de don Elías, Juana trató de cerrar la puerta. Su corazón latía fuertemente. ¿Por qué doña Matilde estaba aquí con don Elías?

—Quítate, escuincla —dijo don Elías. Hizo a Juana a un lado y él y su esposa entraron en la choza. Amá estaba arrullando al bebé en sus brazos, cantándole una canción de cuna. Dejó de cantar cuando los vio y apretó al bebé contra su pecho.

—¿Qué quieren?

—Escucha Lupe, mi esposa aquí —empezó don Elías.

—Quiero al bebé —dijo doña Matilde.

—¿Qué? —dijeron Amá y Juana al mismo tiempo.

—Dije que quiero al bebé y me lo llevaré conmigo —dijo doña Matilde.

Amá se esforzó para levantarse, pero su cuerpo aún estaba muy débil por la hemorragia. Doña Martina había dicho que Amá debería quedarse en cama hasta que sanara la herida. La cara de Amá se contrajo del dolor, pero aun así logró bajar los pies al piso. Juana corrió hacia su madre y trató de hacerla que se recostara.

Amá se negó y le dijo a Juana que se hiciera a un lado.

—Yo no sé qué juego endemoniado está usted jugando, señora —dijo Amá—. Pero él es mi hijo y nadie me lo va a quitar.

—Lupe, tienes que ser razonable —dijo don Elías—. Mira dónde vives. No tienes dinero. No tienes nada. No puedes cuidar a mi hijo. Yo le daré todo. Todo.

Amá siguió negando con la cabeza.

—¡Dije que nadie me va a quitar a mi hijo!

—Yo lo haré —dijo doña Matilde.

Se dirigió hacia Amá y se puso frente a ella. Juana podía ver lo blanco de sus ojos cubierto de pequeñas venas rojas. Los ojos de doña Matilde aún estaban hinchados de tanto llorar.

—¿Qué pensaba, señora? —preguntó ella—, ¿que usted podía acostarse con mi marido, que podía quitarme su amor, que podía darle un hijo, y que yo se lo permitiría? ¿En realidad pensó que usted me dejaría sin nada y que yo me iba a hacer a un lado y dejarla?

Amá apretó al bebé aún más fuerte. Escondió la cara en el hueco del cuello del bebé. Él empezó a llorar cuando las voces enojadas lo despertaron.

—Chis, Miguelito, chis —dijo Amá.

—¿Miguelito? ¿Cómo te atreves a ponerle el nombre de ese imbécil que te abandonó? —gritó don Elías.

Juana miró a Amá, sorprendida de que su madre le hubiera puesto al niño el nombre de Apá.

—¡Si me atreví a ponerle el nombre de mi marido fue porque el niño es hijo de él! —gritó Amá y acercó al bebé que sollozaba hacia don Elías—. ¿Lo ve? ¿Lo ve? Él no es su hijo. Él es hijo de Miguel.

Juana no podía creer lo que estaba escuchando. El hijo de Apá. Su hermano. Su hermano de sangre.

—¡Perra mentirosa! —gritó don Elías. Estiró la mano y abofeteó a Amá.

—Deja de estar inventando mentiras —dijo doña Matilde—. Me llevaré al bebé aunque quieras o no. Yo tengo todo el derecho. Yo soy la esposa. Yo soy la que debió tenerlo.

Sus manos se estiraron con rapidez y le arrebataron el bebé a Amá. Amá se quedó sorprendida por un momento, pero de repente se lanzó sobre doña Matilde y trató de quitarle al bebé.

Juana también se lanzó sobre doña Matilde. Los llantos del niño eran ensordecedores.

Don Elías levantó a Juana y la aventó al piso. Tomó a Amá y la empujó al catre. Juana se levantó de un salto, pero se había lastimado el tobillo. Sintió su pierna estremecerse de dolor al poner su peso sobre ella. Juana se cayó al piso otra vez. Se fue a gatas hasta donde estaba Amá y notó que un chorrito de sangre se deslizaba por la pierna de su madre.

Amá cojeó hacia doña Matilde, sin estar consciente de que estaba sangrando. —Devuélvame a mi hijo. Por favor, devuélvamelo.

Ella estiró los brazos para alcanzar al bebé, pero doña Matilde y don Elías se dieron la vuelta y se dirigieron hacia la puerta. Amá se dejó caer al piso y a gatas se arrastró hacia ellos. Juana se apoyó en el catre y se levantó. Saltando con un pie, llegó hasta don Elías.

—¡Devuélvanos al bebé! —gritó Juana—. ¡Devuélvanoslo!

—Mantente alejada de mi esposa, de mi hijo y de mí —le dijo don Elías a Amá—, o haré que te echen a la cárcel por el resto de tu vida.

Don Elías ayudó a su esposa a salir. Amá se arrastró hasta el umbral de la puerta. Juana se fue cojeando tras ella. Desde ahí, las dos pudieron ver a don Elías y a su esposa alejarse, llevándose al bebé con ellos.

Juana bajó la mirada hacia su madre que estaba tirada en el piso. El vestido de Amá estaba manchado de sangre. Su cara estaba llena de mocos y lágrimas. Juana se puso una mano sobre el pecho. Sintió que un gran odio empezaba a inflarse dentro de ella, como un globo llenándose de agua.

adelina

Adelina miró al campesino montado en su burro con un sombrero puesto para protegerse del sol. El autobús pasó tan rápido que ella no pudo ver bien al hombre, pero logró ver el machete que traía colgado en la cintura. ¿Acaso se dirigía hacia los campos de maíz?

Al verlo, la realidad de su situación le entró de golpe. Estaba de regreso en México, iba a ver a su madre que estaba a punto de morir.

Adelina había recibido una llamada telefónica hacía una semana. Al principio no había contestado el teléfono, pensando que tal vez era Sebastián. Dejó que la máquina contestara. Por un lado deseaba que él hubiera insistido, pero sabía que él ya estaba cansado de perseguirla. «...Es tu mamá», dijo la voz en la máquina. «Se ha puesto muy mal y el doctor no piensa que vaya a durar mucho tiempo más. Llámame cuando recibas este mensaje».

Adelina corrió a contestar el teléfono y lo levantó.

—Sandra, soy yo. ¿Qué tiene mi mamá? —Cerró los ojos, tratando de formar una imagen de la mujer al otro lado de la línea. Sólo la había visto unas pocas veces, pero a través de los años, ella había sido el único lazo que la unía a su pasado.

—Tu mamá está muy mal y el doctor no piensa que se vaya a recuperar. Ella ha estado preguntando por ti. Y en sueños llama a tu papá, preguntando cuándo va a volver a casa.

—¿Cuánto tiempo le queda?

—No sé. Ya está vieja y estar encerrada así no le ayuda. Además, también ha dejado de comer. El doctor dice que ésa es la razón por la que su cuerpo no puede pelear contra la infección. Está muy débil. Es como si se estuviera matando a sí misma.

—Dile que iré a verla —dijo Adelina suavemente, sintiendo un hoyo frío en el estómago. No podía creer que estaba diciendo esas palabras—. Y dile que le llevaré a mi padre. Aunque sea lo último que haga. Le llevaré a mi padre.

—Que Dios vaya contigo, mija —dijo la mujer.

Aun cuando la línea se cortó, Adelina mantuvo la bocina del teléfono pegada a su oreja.

Sintió su cuerpo estremecerse con un dolor agudo. Era como si esa llamada le hubiera arrancado la costra que había crecido sobre una herida profunda.

juana

Juana estaba de pie en el umbral de la puerta, sintiendo la lluvia salpicando sobre sus pies descalzos. Apretó fuertemente el rebozo de su madre con el que se abrigaba y trató de ver a través de la oscuridad, preguntándose dónde estaría su madre. Se recargó contra el marco de la puerta y respiró profundamente. La lluvia del verano había regresado. Miró el charco de agua a sus pies y notó cómo poco a poco el agua se movía sigilosamente dentro de la choza. Ella guardaba la esperanza de que este año no hubiera inundaciones.

Juana vio la silueta de un caballo y un jinete a través de la lluvia. Observó al caballo acercarse más y más. No podía ver bien al jinete, pues un poncho lo cubría y traía un sombrero en la cabeza para protegerse de la lluvia. Juana apretó el rebozo más fuerte contra ella y esperó a que se acercara. ¿Sería su padre? ¿Finalmente estaba de regreso? Corrió hacia la mesa, cogió una vela y regresó a la puerta.

El caballo se detuvo ante ella. Ella elevó la vela, poniendo su mano sobre la llama para protegerla de la lluvia. El hombre inclinó la cabeza hacia ella para mirarla. Juana logró mirar el bigote plateado antes de que la lluvia apagara la vela.

—Buenas noches, Juana.

—Buena noches, señor, ¿qué se le ofrece? —Juana miró la cara del viejo, luchando por esconder su desilusión.

—Tu madre necesita tu ayuda, niña. Está allá en el cementerio, gritando muy fuerte, llamando a sus hijos como si fuera la mismísima Llorona.

Juana reconoció al hombre. Era don José, el velador del cementerio.

—No entiendo. Mi madre no...

—Está borracha.

Juana pensó en las botellas de cerveza vacías que su madre tenía escondidas debajo de la cama. Amá había prometido que dejaría de tomar, pero ahora Juana se daba cuenta de que la situación estaba empeorando.

—Está al pie de la tumba de tu hermana, gritando como loca. Yo traté de calmarla, pero ella se lanzó contra mí con una botella rota de tequila. Debes venir a ver si puedes hacerla entrar en razón. Tal vez ya se ha calmado.

Juana asintió con la cabeza y tomó la mano de don José. Él levantó a Juana y la colocó frente a él. Juana sintió la lluvia quemarle los ojos y se tapó la cabeza con el rebozo.

Juana desmontó frente a la tumba de su hermana. Amá estaba sentada al lado de la cruz de madera, empapada de pies a cabeza.

—¿Amá? —Juana se acercó a su madre lentamente—. ¿Amá?

—Déjame en paz, Juana —dijo Amá.

—Amá, necesitamos irnos a casa. Necesitas cuidarte de la lluvia. Te puedes enfermar.

—¿Y qué importa si vivo o muero?

—Me importa a mí. Vamos, Amá, volvamos a casa.

Juana puso sus manos sobre los hombros de su madre para ayudarla a levantarse. Amá se resistió.

—¡Aléjate de mí!

—¡Pero Amá!

—Déjame en paz. Le estoy rezando a mis hijas difuntas. Les he estado pidiendo su ayuda. Ellas son angelitos en el cielo. Ellas pueden interceder por mí y pedirle a Dios que me ayude, que escuche mis plegarias.

—Señora, hágale caso a su hija. Ya es tarde y debería irse a casa a descansar —dijo don José.

Amá señaló la tumba de Anita.

—Mira eso, mira la lluvia caer sobre mi Anita. Ha de sentirse sola y con frío. Era apenas una bebé, apenas una bebé.

Juana se puso de cuclillas al lado de su madre.

—Vámonos a casa, Amá.

—Ya tendría dos años. Ya estaría caminando, diciendo unas palabras. Pero nunca la volveré a ver. La he perdido. Y ahora también he perdido a mi hijo.

—Amá —dijo Juana—, lo vamos a recuperar, ya verá.

Amá negó con la cabeza.

—Si Anita estuviera viva, nada de esto hubiera pasado. Miguel no se hubiera ido y yo todavía tendría a mi hijo a mi lado. —De repente Amá volteó para mirar a Juana. Juana se limpió la lluvia de los ojos y miró la cara de su madre manchada de lodo—. ¿Por qué te dormiste?

Juana bajó la mirada hacia el suelo. Su cuerpo tembló y ella trató de mantenerlo quieto.

Amá la sujetó de los hombros.

—¿Por qué te dormiste, Juana? Te pedí que la cuidaras. Te lo pedí.

Juana se mordió los labios. Amá le sujetó la cabeza y la obligó a que mirara la tumba lodosa.

—Dile algo a tu hermana. Dile algo.

Don José desmontó del caballo y caminó hacia ellas.

—Señora, cálmese.

Amá empujó a Juana y la hizo caer de bruces sobre la tumba. Juana no se resistió. Sintió el lodo dentro de su boca, sintió la lluvia salpicarle los ojos, sintió su cabello enredado entre los dedos de su madre.

—Dile algo. Dile algo, ¡maldita sea!

—Lupe, suéltela.

—¡Dile algo!

Juana enterró los dedos en el lodo, levantó la cabeza y gritó.

adelina

Diana no estaba en su cama. Adelina caminó por el cuarto, mirando a las cinco mujeres que estaban profundamente dormidas en sus camas. Sólo la cama de Diana estaba vacía.

—Aquí estoy.

Adelina se giró. Había escuchado claramente la voz de Diana. Volteó hacia las ventanas y vio una mano correr las cortinas a un lado.

—Me asustaste —dijo Adelina.

Diana permaneció callada. Dio la vuelta y continuó mirando la luna. Apoyó la frente contra el vidrio de la ventana.

—¿No puedes dormir? —preguntó Adelina.

—No quiero dormir —dijo Diana—. No quiero volver a dormir nunca más.

Adelina notó el resplandor plateado que la luna proyectaba en la cara de Diana. Diana tiritó.

—Debes descansar, Diana. Ven a la cama y tápate con las cobijas. Es una noche fría.

Diana se quedó donde estaba.

—Quiero mirar la luna —dijo ella. Sus ojos se llenaron de lágrimas—. Eso es lo último que recuerdo. Recuerdo que estaba mirando la luna, pensando que era muy tarde y deseaba ya estar en casa. Luego cerré los ojos por un segundo, sólo un segundo, y cuando los abrí el carro ya estaba bajando la colina, golpeando piedras y chocando contra los matorrales y, cuando se volcó, pude ver la luna dando vueltas y vueltas…

Diana se cubrió la cara con las manos y sollozó.

Adelina puso una mano en el hombro de Diana deseando poder decirle las palabras mágicas que ahuyentaran su dolor, pero sabía que no importara lo que dijera no disminuiría el sufrimiento de Diana.

—Aquí estamos, Diana. No estás sola. Yo entiendo.

Diana rechazó la mano de Adelina.

—¿Qué es lo que entiendes? Tú no sabes cómo es vivir sintiéndose culpable. Yo maté a mi hijo. ¿Entiendes eso? Me quedé dormida manejando y maté a mi hijo. ¡Maté a mi hijo!

Adelina apretó a Diana contra su pecho y la abrazó mientras lloraba. En los ocho días que había estado en el refugio, Diana no le había dicho nada a nadie sobre eso. Ni siquiera los consejeros sabían que algo así le había ocurrido. Ahora Adelina comprendía el silencio de Diana y su adicción al alcohol.

—¿Por qué me dormí? ¿Por qué?

—Te vamos a ayudar a superar esto, Diana, te lo juro —dijo Adelina.

—Tú no sabes lo que es vivir así —dijo Diana—. No lo sabes…

juana

Juana había regresado con Amá del cementario a la casa y la había acostado en el catre. Tan pronto como Amá se quedó dormida, Juana se levantó del catre, llenó la cantimplora de su padre y se dirigió hacia las montañas. Había estado caminando desde la madrugada, deteniéndose de vez en cuando para tomar agua y recuperar el aliento. El sol estaba directamente frente a ella. En unas horas más, empezaría a descender las montañas.

El cielo estaba despejado, con la excepción de unas nubes infladas que empujaba el viento. El sol le quemaba la cara y Juana levantó la mano para cubrirse los ojos. Sentía como si estuviera inclinada sobre unas llamas, como lo hacían los panaderos para meter el pan al horno. Pero ella se sentía agradecida por el calor. El sol ya había secado su ropa mojada, y el calor hacía que el frío que le sacudía el cuerpo fuera más soportable. Debería haber traído más agua. La cantimplora que cargaba en su mochila estaba casi vacía, y el río estaba muy lejos. ¿Cuán lejos había caminado? Las montañas se veían igual de pequeñas que cuándo apenas había empezado su jornada. Todavía le faltaba mucho.

Al otro lado de esas montañas, ella encontraría a Apá. Y cuando lo encontrara no iba a estar molesta con él. No le gritaría ni golpearía los puños contra su pecho, exigiendo explicaciones. Sólo le preguntaría una cosa: ¿Todavía nos quiere, Apá? Y si contestaba que sí, entonces ella le contaría de su hijo, del bebé que don Elías les había robado casi tres meses atrás. Pero no le contaría sobre Amá y las botellas de cerveza bajo la cama. Eso no se lo contaría.

Juana se detuvo para recuperar el aliento. Miró el suelo mojado secándose bajo el sol. Miró los matorrales y los nopales esparcidos a su alrededor. Ya hacía mucho que había pasado por los campos. Desde donde ella estaba, podía ver la milpa creciendo en líneas rectas.

En unos días más cumpliría trece años y ella ya había pedido su deseo de cumpleaños. Guardaba las esperanzas de que la Virgencita cumpliera su único deseo: encontrar a su padre y convencerlo de que regresara.

Si él regresaba, podría ir a la estación de policía a poner una demanda contra don Elías. A él sí lo escucharían, pues nadie le había hecho caso a ella ni a Amá. Don Elías tendría que devolver el bebé. Si él regresaba, Amá tendría un bebé a quien amamantar, en vez de tomar cerveza todas las noches. Y dejaría de apretarse los senos, llorando porque ya estaban secos. Y si él regresaba, tal vez Amá la perdonaría por la muerte de Anita.

Las montañas quedaban muy distantes. ¿Era acaso su imaginación? Estaba segura de que la noche anterior, justo antes de que todo se hundiera en la oscuridad después de la puesta del sol, las montañas le habían parecido menos lejanas. Pero ahora, a estas horas de la madrugada, se veían muy lejos.

Juana volteó la cantimplora y metió la lengua en ella, tratando de lamer las gotas que quedaban, pero no había ninguna. Caminó y caminó, con los ojos enfocados en las montañas que estaban frente a ella. Ni siquiera se preocupó por quitarse la piedra que tenía en el zapato. La dejó ahí para que la lastimara. Al menos el dolor en la planta del pie la ayudaría a no pensar en el dolor de su estómago hambriento, en el dolor de su garganta seca o en los escalofríos que hacían temblar su cuerpo.

Se detuvo para recuperar el aliento y se recargó contra una piedra. El viento le azotaba el cabello contra la cara. Miró al cielo y observó las nubes de lluvia que se reunían sobre ella. La lluvia no le vendría mal. Necesitaba agua. Juana se dirigió hacia un pequeño charco de lluvia escondido bajo una piedra. Recogió un poco de agua para mojarse la frente. Se mojó la nuca y dejó que unas gotas bajaran por su garganta. Apretó las rodillas contra su pecho al sentir que su cuerpo se estremecía.

Cuando abrió los ojos, Juana no sabía dónde estaba. Se encontraba dentro de una choza muy parecida a la de ella. Pero esa choza olía a aceite de almendras y epazote. Podía oír cantos de palomas. Palomas por todos lados. ¿Acaso estaba muerta?

—Está ardiendo en calentura —dijo un hombre.

—He tratado de curarla —dijo una mujer—, pero un corazón roto tarda en curarse.

—Sí, tomará tiempo.

—Ahora calla, déjala que descanse.

• • •

Apá está de pie detrás de Juana, exprimiendo limones dentro de una cubeta con agua. Juana está sentada en el lavadero, esperando su baño.

«¿Me puede contar un cuento, Apá?», pregunta ella. Él asiente con la cabeza y le cuenta el cuento de la Llorona, la mujer que, en un momento de desesperación, llevó a sus hijos al río y los ahogó. «Pero a usted no le gusta el cuento de la Llorona», dice ella. Apá se ríe y se ríe y se ríe. De repente, él deja caer el agua sobre Juana. Agua fría con limón que le quema los ojos, y ella grita.

—Ya, ya, Juana.

Doña Martina estaba poniendo trapos mojados en la frente de Juana. Le puso una botella de alcohol bajo la nariz y la mantuvo ahí por unos segundos, hasta que el olor llegó al cerebro de Juana y ahuyentó la oscuridad. Doña Martina le sonrió y por un momento su sonrisa desdentada le dio el aspecto de una niña a la que se le había caído su primer diente. Pero sus ojos tristes y las arrugas que los rodeaban la hicieron verse como una anciana otra vez.

—La fiebre ya se te pasó —dijo ella—. Y debes tratar de recuperarte.

—¿Cómo me encontró? —preguntó Juana.

—Cuando fui a echarle un ojo a tu mamá, no te vi en la casa. Le pregunté dónde estabas, pero estaba demasiado borracha para decirme. Sólo decía que tú te habías marchado. Que también a ti te había perdido. Mandé a mi esposo a que te buscara. Se topó con unos campesinos y les preguntó si te habían visto. Ellos dijeron que en la mañana habían visto a una niña pasar por los campos donde estaban trabajando. Dijeron que ella se había ido hacia las montañas. —Juana pensó en las montañas. Si hubiera llevado más agua, habría logrado llegar—. Te encontraron al pie de las montañas justo antes de que empezara la lluvia. Estabas ardiendo en calentura.

Doña Martina alzó un vaso con agua para que Juana bebiera, pero Juana volteó la cabeza y rehusó beber. Había fracasado. No había encontrado a Apá.

—Juana, necesitas ser fuerte. Tu madre te necesita.

—Ella me odia —dijo Juana.

—Debes darle tiempo, Juana. Tu madre ha pasado por mucho. Primero, tu padre se fue y no ha mandado palabra alguna. Y ahora ha perdido a su hijo. Es demasiado dolor para cualquier mujer, Juana. Ya ha perdido muchos hijos.

Juana trató de tragarse las lágrimas. Dijo que no lloraría. Dijo que no lo haría. Pero no se pudo aguantar.

—No lo pude lograr —dijo a través de las lágrimas—. No lo logré. No lo logré.

—¿De qué estás hablando, Juana?

—Las montañas. Tenía que cruzar las montañas para encontrar a Apá.

—Pero tu padre no está al otro lado de las montañas. —Juana miró a doña Martina—. Niña, los Estados Unidos están muy, pero muy lejos.

—Pero Apá me dijo que estaría al otro lado de las montañas. ¡Y me dijo que las mirara cada vez que lo necesitara!

Doña Martina guardó silencio por un momento, como si estuviera pensando en qué decir.

—Tal vez te dijo eso pa' que no te sintieras tan mal de que él se iba. No juzgues a tu padre ni pienses que te estaba mintiendo. Él simplemente no quería lastimarte todavía más.

Juana miró a doña Martina. Apá no estaba al otro lado de las montañas. Entonces no estaba cerca de ella.

Doña Martina fue al armario y sacó un mapa. Lo puso en la cama y le mostró a Juana el estado de Guerrero, donde vivían. Deslizó su dedo por los estados de Michoacán, Jalisco, Nayarit, Sinaloa, Sonora, Baja California... Luego su dedo cruzó una línea gruesa y negra y dejó de moverse. Juana miró el lugar que señalaba el dedo de doña Martina. Unas pequeñas letras negras del tamaño de las pulgas saltaron a la vista. Deletreaban Los Ángeles. Fue entonces cuando Juana se dio cuenta de que lo que doña Martina decía era verdad. Apá no estaba al otro lado de esas montañas. Y para poder encontrarlo, ella tendría que cruzar no sólo estas montañas, sino quizá cien más.

adelina

Don Ernesto jamás se había casado ni había tenido hijos. Nunca le había preguntado a Adelina mucho sobre su pasado. Era como si él entendiera que la vida de ella había empezado en el momento en que llegó a Los Ángeles.

Todo lo que ella le contó de sí misma fue que estaba allí para buscar a su padre. Él le había mostrado comprensión y se había ofrecido para ayudarla a encontrarlo.

—¿Pero qué harás mientras lo buscas? —había preguntado él.

—¿Qué quiere decir? —le preguntó ella, sin entender.

—Lo que quiero decir es que buscar a tu padre no es exactamente una carrera. Necesitas ir a la escuela, Adelina. Necesitas educarte, obtener tu licenciatura. Hazlo durante tu tiempo libre, mientras estés buscando a tu padre.

Adelina no sabía si él se estaba burlando de ella o si hablaba en serio. ¿Qué quería decir con que ella debería ir a la escuela, obtener su licenciatura?

—Lo siento, hija. Pero estás hablando con alguien que fue maestro. Me revienta que una muchacha como tú no haga nada con su vida. No quiero que seas como otra gente que nunca ha tratado de ser alguien.

—Yo estoy aquí para encontrar a mi padre. No para ir a la escuela. No para obtener una licenciatura. No para ser alguien. No me importa ser un don nadie. ¡Pero quiero ser un don nadie que encuentre a su padre y se lo lleve a casa! —Adelina golpeó los puños contra la mesa.

—Y si no lo encuentras, ¿qué? Un día te darás cuenta que ya te has vuelto vieja y, como yo, seguirás viviendo en este cuchitril, sin familia y sin nadie que te quiera. —Don Ernesto pusó la mano en el hombro de Adelina. Ella instintivamente se hizo a un lado y luego se apenó por haberlo hecho. Él se disculpó y salió del cuarto. Se detuvo en el umbral de la puerta y dijo: —Yo sé que algunos hombres te han lastimado, criatura, pero no se te olvide que hay otros hombres, como tu padre, que te quieren.

Adelina no tuvo mucha suerte para encontrar a su padre. Obtuvo empleo en fábricas, esperanzada en encontrar a su padre trabajando en una de ellas. Llegaba a casa cansada. Los pies le dolían por estar de pie todo el día. Las manos y los brazos le dolían de planchar pantalones de mezclilla y de cortar hilos. Los fines de semana iba al centro de Los Ángeles a caminar con la esperanza de encontrar a su padre, pero nunca lo conseguía.

Don Ernesto había pedido a los hombres que vivían en el edificio que estuvieran pendientes de alguna información sobre el padre de Adelina. Y antes de que alguien se mudara del edificio para irse a trabajar al campo se le daban las mismas instrucciones.

Finalmente, después de seis meses de buscar, Adelina permitió que don Ernesto la llevara a la preparatoria local.

—Yo no sé mucho de escuelas, don Ernesto —le dijo ella.

—No te preocupes, mija. Yo no hablo muy bien el inglés, pero te daré apoyo en todo lo que pueda. Te ayudaré. Y tú aprenderás.

Adelina besó la mejilla arrugada de don Ernesto antes de dejar que la encaminara por el pasillo a su primera clase.

juana

—¿Así que doña Martina te mandó? —le preguntó doña Josefina a Juana mientras volteaba las quesadillas que estaban en el comal. Juana asintió con la cabeza, tratando de concentrar su mirada en doña Josefina. La boca se le hacía agua sólo de mirar las quesadillas de pollo dorándose sobre el comal caliente—. Ella curó a mi nieto, ¿sabes? Mi hija no tenía ni un poquito de paz porque el niño se pasaba las noches despierto, llorando, y durante el día no se podía estar quieto. Luego doña Martina vino y le hizo una limpia. Cuando quebró el huevo y lo echó en un vaso de agua pudimos ver que en la yema se veían ojitos. ¿Y sabes qué es lo que tenía?

—Tenía mal de ojo —contestó Juana, recordando la vez que doña Martina le había hecho una limpia a su hermana María.

—Eres una niña inteligente —dijo doña Josefina—. Y parece que eres bien trabajadora. Me dará harto gusto que trabajes pa' mí.

Juana escuchó el silbato del tren anunciando su salida. Las

personas que estaban esperando en las bancas se pusieron de pie y llevaron sus maletas hacia el tren. Ella suspiró con alivio y dijo: —Gracias, señora.

Durante el resto del día, Juana hizo tortillas, quemándose a veces los dedos en el comal al tratar de voltearlas. Cuando los trenes llegaban a la estación, Juana llevaba una charola y caminaba de ventana en ventana, ofreciendo quesadillas a los pasajeros que estaban abordo. Trataba de hacerlo con prisa, pues había otras mujeres vendiendo comida de otros puestos. Se esforzaba especialmente en competir con las mujeres que trabajaban para doña Rosa, la mujer que echó a Amá de su trabajo sólo porque don Elías se lo había pedido.

Cuando sonó el silbato del tren, Juana se hizo a un lado y miró el tren pasar. A veces elevaba la mano y se despedía de los pasajeros que pasaban delante de ella en un torbellino de colores.

—Hola, Tomás. Oí que se va de regreso a El Otro Lado muy pronto.

Doña Josefina le hizo señas al hombre que acababa de comprar boletos en la taquilla. El hombre se dirigió hacia el puesto de comida, agitando sus boletos en el aire.

—Escuchó bien, Josefina. En dos días me regreso a Los Ángeles y mi hijo vendrá conmigo.

Juana elevó la mirada hacia Tomás. ¿Él vino de Los Ángeles? ¡Tal vez conoce a Apá!

—¿Conoce usted a mi padre? —preguntó emocionada.

—¿Tu padre?

—Él está viviendo en Los Ángeles. Se llama Miguel García.

Juana se puso la mano en el pecho y respiró por la boca, tratando de calmar los latidos de su corazón.

—Miguel García, ¿el hijo de doña Elena?

Juana asintió con la cabeza.

—No sabía que él se había ido pa'llá. Lo siento, pero no lo he visto.

—Niña, ¡me estás quemando mis quesadillas! —exclamó doña Josefina. Juana volteó las quesadillas en el comal y se quemó. Se puso el dedo quemado dentro de la boca y trató de voltear las quesadillas con la otra mano. Sus ojos se llenaron de lágrimas. Juana sabía que no era por haberse quemado el dedo.

—En verdad que esas tortillas huelen bien rico —dijo don Tomás.

Juana volteó hacia la mesa que estaba detrás de ella y se puso a amasar. Al enterrar los dedos en la masa, se acordó de las veces que ella había hecho tortillas de lodo para Apá.

—Pos, muchas gracias, Josefina. Espero verla cuando esté de regreso.

—Está bien, Tomás. Salúdeme a Mayra. Iré a visitarla ya que usted se haya ido. Será difícil para ella que su esposo y su hijo se marchen.

Juana lo vio alejarse, preguntándose cómo era posible que él no hubiera visto a su padre. ¿Acaso Los Ángeles era muy grande? Se preguntó si ella y Amá podrían encontrarlo si lo fueran a buscar.

—¡Discúlpeme doña Josefina! —dijo Juana y corrió a alcanzar a don Tomás.

—Señor, disculpe, ¡señor!

Don Tomás volteó para mirarla.

—Quería saber si me podría decir cómo llegar a El Otro Lado.

Él se rió y le golpeó ligeramente el hombro con su boleto.

—¿Por qué? ¿Acaso piensas ir pa' llá? —Se rió aún más.

Juana sintió que las mejillas se le ponían calientes de la vergüenza.

—N-no, yo sólo quería saber cómo fue el viaje de mi Apá, e-eso es todo.

Don Tomás pensó por un segundo y luego dijo: —Está bien, te diré. Primero, tienes que tomar un tren a Cuernavaca y luego tomar el autobús que te lleve a la Ciudad de México. O también puedes tomar un autobús de aquí hasta la capital. Luego te cambias a un autobús que te lleve hasta Tijuana. En dos días, más o menos, llegarás a la frontera. Luego tienes que encontrar un coyote, y de alguna manera, él te llevará al Otro Lado.

—¿Y es difícil?

—Pos depende si tienes suerte —dijo él—. Yo lo he hecho tres veces ya, y siempre he llegado bien. Es harto caminar, pero caminar nunca ha matado a nadie.

Le tocó la cabeza con sus boletos y luego desapareció entre el grupo de gente que se apresuraba a abordar el tren.

Juana caminó hacia la taquilla y dijo: —Disculpe, ¿cuánto cuesta un boleto a Cuernavaca?

Cuando Juana llegó a casa, vio a su madre inclinada sobre algo. Cuando se acercó, pudo ver una caja de cartón grande que su madre había convertido en una casita. Adentro estaba echada una perra preñada. Amá la estaba alimentando con tortillas remojadas en agua.

—¿Qué pasa? —preguntó Juana.

Una vez más, Amá no se había peinado ni cambiado de ropa. Se había puesto el mismo vestido los últimos cuatro días. Juana no podía recordar cuándo fue la última vez que Amá se había bañado.

—La encontré vagando en la calle, sin tener adónde ir, —dijo Amá—. Mírala, la pobre, ya es puros huesos. Y está preñada, Juana. Necesita que alguien la cuide.

El aliento de Amá apestaba a cerveza. Juana no quería decirle que era bastante difícil que ellas tuvieran para comer, para tener ahora una boca más que alimentar. Juana miró el plato de quesadillas que sostenía en las manos. Doña Josefina se las había regalado. Tan siquiera esa noche tendrían una buena cena para comer.

—Venga Amá, vamos al río a bañarnos y a lavar la ropa. Luego regresamos a casa y cenaremos algo bueno.

Amá negó con la cabeza.

—No, no, no, Juana. Yo necesito cuidar a Princesa. Los cachorros están a punto de nacer —Amá miró el plato que sostenía Juana—. ¿Qué tienes ahí?

—Traje quesadillas. Encontré trabajo en la estación.

—Juana, no le pediste trabajo a doña Rosa, ¿verdad? No después de que me echó porque ese hijo de la…

—No, Amá, trabajo en otro puesto.

De repente, Amá se tambaleó. Juana trató de sostenerla. No se había dado cuenta que Amá estaba tan ebria.

—Estoy bien —dijo Amá, sosteniéndose firme. Miró el plato de quesadillas y preguntó—: ¿Le podemos dar unas quesadillas a Princesa?

—¡Por supuesto que no! —dijo Juana—. Vamos a entrar en la casa para preparar la ropa. Necesitamos ir a lavar.

—Pero, Juana, Princesa está preñada. Si no se alimenta bien…

—Venga, Amá, entre en la casa. Princesa estará bien.

Juana tomó el brazo de su madre y con delicadeza la encaminó hacia dentro.

Por enésima vez, Amá rehusó ir al río a bañarse. Juana finalmente logró que su madre se sentara para cepillarle el pelo. Juana, con destreza, le hizo una trenza y se la ató con un listón. Tomó un trapo, lo mojó y limpió el rostro sucio de su madre. Roció a Amá con un poco de perfume con olor a jazmín.

Juana pronto pudo admirar el rostro bello de su madre.

Amá la miró por un momento y Juana notó que sus ojos estaban un poco hinchados. Amá había estado llorando otra vez.

—Lo vi hoy —dijo Amá en voz baja.

—¿A quién? —preguntó Juana.

—A Miguelito, mi hijo.

—Amá, tiene que dejar de ir allá. Si don Elías la ve cerca de su casa la echará a la cárcel.

—Tenía que verlo, Juana. ¡Está creciendo tan de prisa! Cada día se parece más y más a tu padre.

Juana recorrió el rostro de Amá con sus dedos.

—Algún día lo tendremos de vuelta, ya verá.

Amá se cubrió la cara con las manos y lloró más fuerte. Juana sacó los pesos que había guardado en su sostén. Estaban cálidos por el calor de su cuerpo. No importaba cuánto tuviera que trabajar, pero muy pronto, ella y Amá dejarían este lugar para ir en busca de su padre. Y luego todos regresarían y reclamarían a Miguelito.

adelina

Diana se cortó las venas con la tapadera de una lata que había encontrado en el basurero. Adelina no estaba de guardia en ese momento. Había recibido una llamada telefónica de Jen, una de las trabajadoras sociales del refugio. Adelina fue de prisa al hospital y esperó para recibir noticias de Diana. El doctor dijo que Diana había perdido mucha sangre.

Sebastián no fue el doctor que atendió a Diana esa noche. Había llegado al trabajo a la mañana siguiente. Adelina había descansado en la silla mientras aguardaba en la sala de espera. Estaba tratando de dormir, había olvidado sus pastillas y sin ellas, sabía que el sueño no llegaría.

Sintió que alguien la estaba mirando. Cuando abrió los ojos sintió ahogarse dentro de los ojos verdes del Dr. Luna.

—Hola, señorita Vásquez. ¿Ha ocurrido algo grave?

—Diana intentó suicidarse.

Adelina se frotó los ojos. Sabía que los tenía rojos e hinchados. Había estado llorando. Tenía miedo de perder a Diana.

El Dr. Luna se sentó a su lado.

—Siento escuchar eso. Había guardado las esperanzas de que las sesiones con la consejera la ayudarían. Pero parece que tiene una gran carga sobre los hombros. ¿Le importaría decirme lo que le pasa?

Adelina lo pensó por un momento. Ella sabía que por ley y por el código de honor, ella no podía divulgar información sobre ninguna persona que viviera en el refugio. Era faltar al voto de confidencialidad. El Dr. Luna conocía a casi todas las mujeres que vivían en el refugio, aunque no sabía las razones por las que estaban ahí, pero por algún motivo, Adelina sentía que podía confiar en él. Quería decírselo.

—Ella y su hijo tuvieron un accidente automovilístico hace unos años. Era muy de noche y Diana se quedó dormida al volante. Su hijo murió y ella sobrevivió.

—¿Entonces ahora se siente culpable de haber sobrevivido? —preguntó el Dr. Luna.

Ella asintió con la cabeza.

—Culpable y sola. El niño era la única familia que ella tenía.

—Y la pérdida de un hijo es un dolor que nadie debería sufrir —dijo el Dr. Luna.

Adelina lo miró, preguntándose si él hablaba por experiencia. ¿Qué preocupaciones le habrían grabado esas arrugas en la frente?

—¿Ha pasado usted por algo así? —preguntó ella.

—No, yo no. Yo no tengo hijos y no me he casado. Le pasó a mi tía. Mi prima huyó de casa hace muchos años y nunca volvimos a saber de ella.

—Lo siento —dijo ella.

—¿Señorita Vásquez? —El Dr. Shaffer atravesó el pasillo y se detuvo frente a Adelina.

Adelina se puso de pie y lo miró.

—¿Sí, doctor?

—La señora Parker se ha recuperado. La hemos estabilizado y ha recobrado el conocimiento. Puede entrar a verla.

—Gracias, doctor. —Adelina volteó a mirar al doctor Luna—. Fue un placer conversar con usted, doctor Luna.

—Tal vez pueda verla pronto, cuando vaya al refugio.

Adelina estaba consciente de que el Dr. Shaffer los miraba y sintió que sus mejillas se sonrojaban de la pena.

—Estaremos esperando su visita —le dijo ella al doctor Luna, se dio la vuelta y se fue por el pasillo.

juana

Durante la noche, Juana podía escuchar a los cachorritos llorar. Cuando los chillidos se intensificaban, Amá se despertaba y salía al patio para asegurarse de que todo estuviera bien.

—Regrese a la cama —le decía Juana—. Princesa los está cuidando.

—¿Y si tienen frío, Juana? ¿Por qué no los metemos en la casa? Son tan chiquitos y frágiles.

—Lo haremos mañana, Amá. Ahora, duérmase ya.

A la mañana siguiente, Juana les echó un vistazo a los cachorritos antes de irse a trabajar. Estaban gateando, olfateándose. La perra no estaba y ellos la estaban buscando. Juana miró a los cachorros por última vez y se fue a la estación de tren.

Cuando regresó del trabajo, todos los cachorros estaban muertos. Juana encontró a su madre con una lata de chiles jalapeños en la mano que Juana había comprado el día anterior.

—Amá, ¿que les pasó a los cachorros?

Amá se mecía de un lado para otro. Su cabello estaba hecho una enredadera, su cara estaba manchada de tierra y su vestido estaba cubierto de agujeros. Ahora abuelita Elena tenía toda la razón al acusarla de ser una limosnera. Amá iba de persona en persona tratando de obtener dinero para comprar cerveza o tequila.

—Princesa no regresó —dijo Amá—. La fui a buscar pero no la encontré. ¿Qué clase de madre abandona a sus hijos?

—Tal vez algo le pasó —dijo Juana.

—Pos cuando vine a casa todos los perritos estaban chillando y chillando. Chillaban harto Juana. Estaban tan hambrientos, los pobrecitos, y no había comida en la casa. Nada, sólo esta lata —Amá levantó la lata vacía y se la mostró a Juana. Ella podía distinguir el fuerte olor de vinagre y chiles—. Hubieras visto cómo chupaban los jalapeños. Tenían harta hambre.

Amá apretó sus piernas contra su pecho y empezó a mecerse otra vez.

—Pobrecitos perritos. Pobrecitos perritos. Pobrecitos perritos. Tan hambrientos y sin madre que los quiera.

En su octavo día de trabajo, Juana salió de la casa una hora más temprano. Se llevó una cubeta y un palo de bambú al que le había puesto un gancho en la punta. Camino a la estación, Juana iba cortando los guamúchiles de los árboles que crecían en la orilla del río. Cuando llegó a la estación, ya tenía la cubeta llena de guamúchiles. Necesitaba ganar más dinero para su viaje y esperaba que los guamúchiles se vendieran bien.

—¿Qué traes ahí? —le preguntó doña Josefina cuando

Juana llegó apuntando a la cubeta con un dedo cubierto de masa.

—Voy a vender guamúchiles —dijo Juana—. Espero que no le moleste.

Después de un momento doña Josefina preguntó: —¿Qué le haces al dinero que te pago, Juana?

Juana no quería que doña Josefina pensara que le pagaba muy poco.

—Compro comida pa' mi amá y pa' mí. No se ha sentido bien últimamente y estoy tratando de ayudar en casa.

—Ya veo. Está bien, Juana. Puedes vender tus guamúchiles en mi puesto. Ponlos ahí, en la mesa, pa' que la gente los vea.

—Gracias, doña Josefina.

—Juana, ¿has pensado en meter a tu madre a los Alcohólicos Anónimos?

Juana bajó la mirada al piso. Todo el pueblo había empezado a llamar a Amá la borracha. Ya no era doña Lupe, o la señora García. Ahora era la borracha. La borracha del pueblo.

—Mi madre estará bien —dijo Juana, pensando en la lata de café que había empezado a llenar con pesos para el viaje. Juana sabía que tan pronto como Amá se fuera de este pueblo, estaría bien.

—Lo siento, Juana. No quise meterme en tu vida personal —dijo doña Josefina—. Lo que pasa es que me preocupas. Tu mamá ha pasado por mucho. Desde que tu papá se fue…

—Mi apá no nos ha abandonado —dijo Juana, pero esta vez sus palabras se escucharon débiles, ya no tenían la convicción de antes. Juana se había cansado de defender a su padre contra la gente del pueblo.

• • •

Después del trabajo, Juana regresó a una casa vacía. Pensó en ir a buscar a Amá, pero había tanta ropa que lavar, cena que preparar y basura que barrer, que decidió esperar a que ella regresara a casa por su cuenta.

Juntó la ropa sucia y la puso sobre una manta. Ató las esquinas de la manta para hacer un lío, se puso el fardo sobre la cabeza y se dirigió al río. Pasó por la cancha donde los niños jugaban al fútbol. Trató de no escuchar sus susurros y chiflidos. «Ahí va la hija de la borracha», dijeron ellos y se echaron a reír.

De repente, la pelota llegó volando por el aire y cayó cerca de sus pies. Uno de los niños empezó a correr hacia ella para recoger la pelota, pero Juana levantó el pie y la pateó. La pelota se elevó en el aire en un arco perfecto. Voló sobre las cabezas de los niños y cayó cerca de la portería.

—¡Que padre! —gritó uno de los niños. Juana siguió caminando hacia el río y no volteó a verlos más.

El río estaba vacío. La mayoría de las mujeres lavaba temprano por la mañana. Juana estaba contenta de poder lavar a solas sin tener que ver a las mujeres del pueblo. Sólo se la pasarían hablando de Amá y Apá, de seguro.

El agua había bajado y la corriente no tenía la urgencia que a veces tenía después de la lluvia, como si estuviera huyendo de alguien. A Juana no le gustaba estar dentro del río cuando el agua subía y la corriente era fuerte.

Se metió en el agua y empezó a echar la ropa en el lavadero. Juana se golpeó los nudillos restregando los vestidos de su madre, tratando de quitarle las manchas. Casi todos estaban llenos de agujeros y Juana se propuso remendar los vestidos antes de acostarse. Las piernas le empezaron a doler por estar de pie y tener la cabeza inclinada hacia abajo le lastimaba la nuca.

Juana se dio cuenta que ya no había ruidos en la cancha, lo que quería decir que el juego de fútbol se había terminado, y probablemente, los niños se habían ido a otro lado para hacer sus travesuras.

Metió los vestidos en el agua una vez más, les escurrió el agua y guardó la ropa de nuevo en la sábana.

Cuando llegó a casa, Amá todavía no estaba. Colgó la ropa dentro de la casa para secarla, prendió las velas y encendió el brasero. Limpió los frijoles y los puso a hervir en una olla de barro. Roció agua en el piso para que no hubiera polvo al barrer. Y su madre aún no llegaba.

Juana tomó uno de los rebozos de Amá y se cubrió la cabeza con él. Apagó las velas y salió de la choza en busca de su madre.

Caminó de calle en calle, sin mirar a los niños que jugaban a la pata coja frente a sus casas de ladrillo, ni a las mujeres sentadas afuera bordando servilletas mientras conversaban con las vecinas, ni a los hombres sentados en las banquetas jugando dominó o baraja con los amigos. Trató de no escuchar los ruidos de un televisor que se colaban por una ventana, ni la música de merengue que alguien estaba tocando en la casa por donde caminaba.

Por dondequiera que mirara, no había señales de su madre. Juana se dirigió al otro lado del pueblo, donde vivía la gente rica; donde vivían don Elías y su esposa.

La calle estaba sola. Juana dejó de caminar para recuperar el aliento y se sentó sobre una roca bajo una jacaranda. Se quitó las sandalias y se dio masaje en los pies. Fue entonces cuando vio a una mujer echada en el suelo a unos metros de ella. Las moscas le bailaban alrededor. Tenía tapada la cara con el cabello sucio y enredado y traía puesto un vestido lleno de agujeros.

La mujer no se movía. Juana caminó hacia ella y se inclinó para tocarle la mano. La mujer gritó, asustada.

—Dame otra cerveza —le dijo la mujer al sujetar a Juana de la muñeca—. Dame otra cerveza.

—Muchacha, aléjate de esa mujer —dijo alguien detrás de Juana. Ella volteó a mirar a la pareja que caminaba por la calle. El hombre la miró y dijo—: Esa loca viene aquí todo el tiempo. Buscaré a un judicial para que la eche de aquí.

La esposa del hombre asintió con la cabeza y le dijo a Juana que se fuera a su casa. Juana no dijo nada y la pareja se alejó, quejándose de la borracha que venía al vecindario todos los días.

—Debería de ser arrestada —dijo el hombre.

Juana bajó la mirada y observó a la mujer echada en el piso. Se inclinó y la puso boca arriba. Miró una mancha grande en el vestido y trató de no respirar el asqueroso olor a vómito.

—Vámonos a casa, Amá —dijo Juana. Tomó a su madre por la cintura y la ayudó a ponerse de pie.

adelina

Adelina había conocido a Diana el año pasado en noche buena. Ella se apresuró a cruzar la calle. Ya debería estar en el refugio, pero había ido al Callejón en el centro de Los Ángeles, con la esperanza de que las tiendas todavía estuvieran abiertas para poder comprar regalos de último momento. Los empleados del refugio iban a tener una cena navideña, a dar regalos y hasta habían alquilado la película *Qué bello es vivir*, para que las mujeres del refugio la miraran.

Casi todas las tiendas ya estaban cerradas. En una tienda de ropa que estaba abierta compró unas blusas. Luego fue a una tienda de accesorios y compró unas bonitas peinetas, ganchos y pasadores adornados con piedras brillosas. Entró en otra tienda y compró calcetines y ropa interior.

Finalmente, se dirigió de regreso al estacionamiento. Consultó su reloj. Ya eran las seis. Debería de estar ayudando con la comida.

Decidió tomar un atajo por un callejón para así llegar

más pronto al estacionamiento que quedaba en la otra calle. El callejón estaba silencioso y oscuro. Adelina empezó a correr, sus zapatillas resonaban contra los edificios que había a su alrededor. Trató de no respirar. El lugar apestaba a orina. Finalmente, vio que más adelante se terminaba el callejón.

Una de las bolsas que traía en las manos se le cayó y tuvo que retroceder para recogerla.

—Oiga, señorita, ¿no tendrá cambio que darme?

Adelina dio la vuelta y descubrió a una mujer sentada en el piso, recargada contra una pared. Recogió la bolsa y caminó hacia la mujer, vestida de harapos. En la mano sujetaba una botella de cerveza vacía. Adelina trató de no respirar. La mujer apestaba a orina y a alcohol.

—¿No puede darme algo? —volvió a preguntar la mujer.

—¿Cómo se llama? —preguntó Adelina. La mujer no respondió. Se apretó las piernas contra el pecho y tembló de frío. Adelina le preguntó otra vez—. ¿Cómo se llama?

—Diana —contestó la mujer en voz baja.

Adelina se colocó frente a ella. Diana trató de alejarse, pero Adelina la sujetó del brazo y la sostuvo en su lugar.

—Está bien, Diana. No la voy a lastimar. Venga conmigo. La llevaré a un lugar donde puede comer una buena cena navideña y tomar algo caliente.

Diana negó con la cabeza.

—Sólo deme algo de cambio y váyase, señorita. Yo no necesito ninguna cena navideña. Yo quiero estar aquí, sola.

Adelina oyó ruidos que venían del otro lado del callejón. En la oscuridad, apenas podía distinguir las figuras de tres hombres caminando hacia ella, riéndose de algo. Adelina tomó a Diana del brazo. Tenía que irse de allí.

—Venga conmigo, Diana. Sólo por esta noche. Mañana, si gusta, la traeré de regreso aquí.

Diana miró su botella de cerveza vacía.

—Está bien —dijo ella—. Sólo por esta noche.

Adelina la ayudó a levantarse y no le soltó el brazo hasta salir del callejón.

juana

Juana recordaba los viejos tiempos cuando los santos y la Virgen de Guadalupe habían estado con ellas. Pero ahora, todas las estatuas estaban cubiertas de polvo y los pétalos de flores se habían secado mucho tiempo atrás.

—Ellos nunca escucharon nuestros rezos, Juana —dijo Amá—. Tal vez nuestras ofrendas de flores silvestres y velas aromáticas no fueron suficiente.

Amá caminó hacia el altar y recogió su rosario negro. Le limpió el polvo con su vestido.

—Ellos no me han perdonado mi pecado. Es por eso que me castigan así, arrebatándome a mi hijo. Es un castigo demasiado duro, Juana.

Amá levantó la estatua de la Virgen de Guadalupe y la miró.

—Debo tratar de ofrecer algo más poderoso que rezos y lágrimas. Pero ¿qué les puedo ofrecer, Juana, pa' que me perdonen y me ayuden a recuperar a mi hijo?

Juana no contestó. ¿Qué podía hacer su madre para que se le absolviera su pecado?

—Será Semana Santa en unas semanas, ¿verdad Juana? —preguntó Amá.

Ya se encontraban a mediados de marzo. Este año, Semana Santa caería a principios de abril.

—Sí, pronto será Semana Santa —dijo Juana.

Cada año, durante Semana Santa, la gente del pueblo recreaba los eventos que culminaban con la crucifixión de Cristo, su muerte y su resurrección. El evento más importante era la procesión que se realizaba en la iglesia que estaba en el centro del pueblo. Juana sólo había visto la procesión una vez. A Apá nunca le gustó que ella la viera. Él prefería quedarse en casa tostando cacahuates en el brasero. Tres años antes Juana había pedido permiso para asistir a las celebraciones. Su curiosidad había aumentado ese año, porque había estado asistiendo a las clases de catecismo y el cura había hablado mucho sobre la pasión de Cristo. «No me gustaría que vieras esas cosas», había dicho Apá. «Pero te llevaré pa' que decidas por ti misma».

La procesión era la representación del día en que Jesucristo cargó la cruz de su crucifixión. Algunas personas del pueblo se vestían como Jesús, la Virgen María, los Nazarenos, los guardias, los apóstoles y Poncio Pilatos. Pero lo que se quedó en la mente de Juana fue la imagen de los flagelantes, hombres y mujeres que se golpeaban con látigos que tenían clavos en la punta. Estas personas eran los penitentes, gente que mostraba su devoción o penitencia lastimándose. La imagen de sus espaldas sangrientas se grabó en la memoria de Juana. Ella hubiera querido no haber visto nunca la procesión. Aun meses después había tenido pesadillas con los flagelantes. Podía ver los látigos elevarse en el aire y luego caer, enterrándose en la carne humana.

Amá dejó de pedir limosna en las calles. Había ido a ver a doña Martina y le había pedido que le diera yerbas que la libraran del deseo de tomar y también empezó a bañarse otra vez. En la noche, se quedaba despierta, rodeada de velas, haciendo algo que no permitía que Juana viera. «Esta es mi última súplica», le dijo a Juana. «Mi última súplica de absolución». Ahora, Juana raramente la veía. A veces Amá no regresaba a casa hasta el otro día, diciendo que había estado rezando toda la noche con doña Martina.

El día de la procesión, Amá se fue de la casa de madrugada. «Pórtate bien y cuida la casa», le dijo a Juana. «Regresaré hoy en la noche. Voy a rezar al pie de la estatua de la Virgen María. Estoy segura de que ella, quien también sufrió la pérdida de un hijo, me ayudará a recuperar al mío».

Juana asintió con la cabeza y miró a su madre alejarse. Se fue al río a lavar la ropa sucia y se pasó la mayor parte de la mañana tratando de atrapar una iguana que había visto trepada en la rama de un guamúchil. A Amá le encantaban las iguanas fritas y cubiertas en salsa de chile guajillo. Juana no logró atraparla. Le tiró piedras y sólo consiguió tumbarla al suelo, pero la iguana huyó y se escondió bajo unos arbustos.

Juana regresó a la choza y se ocupó de hacer la limpieza. Recogió las sandalias que su madre había dejado en la puerta y las colocó debajo de su catre. Se sorprendió al encontrar una bolsa de papel escondida allí. Al abrirla descubrió que estaba llena de clavos pequeños. Se preguntó para qué su madre necesitaría esos clavos.

El ruido de cascos le llamó la atención. Miró hacia afuera y vio a doña Dolores aproximarse. Sus dos hijos estaban montados en un burro y doña Dolores caminaba a su lado. Ella traía agua potable del pozo. Juana podía escuchar el agua salpicando dentro de los garrafones de metal que colgaban del burro.

—Buenas tardes, Juana —dijo doña Dolores al detenerse frente a la choza.

—Buenas tardes —dijo Juana, sintiendo gran alivio al ver que doña Dolores les había traído agua. La olla de barro donde guardaban el agua estaba ya casi vacía y a Juana no le gustaba ir al pozo comunitario y acarrear cubetas de agua de regreso a la choza. Usualmente las cubetas llegaban medio vacías, pues casi toda el agua se perdía de regreso a casa.

—Esta es mi última parada —dijo doña Dolores—. Debo irme a casa pa' cocinar algo rápido pa' mis hijos. Se me ha hecho tarde ya. Pronto empezará la procesión.

Juana escuchó pero no dijo nada.

—¿Has sabido algo de tu papá? —preguntó doña Dolores.

Juana negó con la cabeza.

—Lo siento, Juana —dijo doña Dolores, y después de un silencio incómodo agregó—: No deberías de hacer caso a lo que dice la gente acerca de tu papá. Yo conocí bien a Miguel. Él era un buen hombre. Y tal vez no debería decir esto pero hay otras posibilidades que considerar.

—¿Cómo cuáles? —preguntó Juana.

—Mucha gente ha muerto tratando de cruzarse pa' El Otro Lado, Juana. Como esos hombres que salieron en las noticias hace unos días. ¿Has oído sobre eso?

—No.

—Bueno, pos dos hombres se murieron tratando de cruzar el río. Los tontos no sabían nadar y yo no puedo entender por qué decidieron cruzar de esa manera.

—Mi papá sabe nadar.

—Sí, lo sé. Pero lo que quise decir es que a veces pasan cosas malas, y bueno, tal vez tú y tu mamá deberían resignarse.

—Gracias por traer el agua, doña Dolores, pero debo seguir limpiando la casa. Juana sacó dinero de su bolsa y se lo dio a doña Dolores.

—Sí, sí, yo también debo irme a casa. Debo de ver a mi esposo antes de la procesión. —Doña Dolores cerró los ojos por un momento y Juana pudo notar la expresión de dolor que le cubrió el rostro—. Todavía no logro entender cómo lo puede hacer.

—¿Hacer qué? —preguntó Juana con curiosidad.

—Golpearse con el látigo. Lo ha estado haciendo por cinco años ya.

—¿Y por qué lo hace?

—Para pedir perdón, Juana.

A empujones y codazos Juana se abrió camino entre la gente amontonada en la calle. El corazón le latía muy rápido. Sentía piquetitos dentro, como si tuviera en su pecho una pequeña máquina de coser que le enterraba una aguja en el corazón. En su mano cargaba la bolsa de clavos que había encontrado debajo del catre de su madre.

Llegó a la iglesia y se abrió camino entre la gente hasta llegar al frente. En su mente seguía escuchando las palabras que su madre una vez había dicho: «Debo tratar de ofrecer algo más poderoso que rezos y lágrimas. ¿Pero qué les puedo ofrecer, Juana, pa' que me perdonen y me ayuden a recuperar a mi hijo?».

A empujones Juana se abrió camino por la ruta de la procesión, intentando encontrar a los penitentes. Finalmente llegó a los agachados, hombres y mujeres que caminaban agachados con los tobillos atados, jalando cadenas pesadas. Luego miró a los flagelantes. Llevaban una falda negra y larga atada en la cintura. Los hombres estaban desnudos de la cintura para arriba. Las espaldas de las mujeres estaban descubiertas. Caminaban en la ruta de la procesión descalzos, llevaban la cabeza cubierta con una capucha negra. Y todos traían las espaldas bañadas en sangre.

—Tu madre te dijo que no vinieras, Juana —dijo doña Martina, que se encontraba detrás de Juana.

—Sé lo que está haciendo.

Doña Martina movió la cabeza en desaprobación.

—¿Cuál es ella? —le preguntó Juana a doña Martina.

Doña Martina no contestó. Juana la sujetó del brazo.

—¿Cuál es ella?

Doña Martina volteó a mirarla.

—La quinta fila, la que está en el centro.

Juana miró la sangre deslizándose sobre la espalda de su madre. Dio un paso hacia adelante, pero doña Martina la detuvo.

—Deja que termine, Juana —dijo doña Martina—. Tal vez su pecado se le perdonará, y eso puede ser su salvación, y la tuya también.

adelina

Adelina estaba sentada en la mesa de un restaurante del muelle, esperando a Sebastián. El viento le soplaba el cabello mientras el sol le besaba la espalda. Sebastián la había llevado a San Pedro para comer camarones. Adelina nunca había estado allí. Había estado en muchos lugares y había llegado hasta Watsonville pensando que tal vez su padre se había ido para el norte a trabajar en el campo.

—Buen provecho —dijo Sebastián al colocar en la mesa la charola llena de camarones, papas, chile y cebolla mezclados con salsa.

Adelina sintió que la boca se le hacía agua con sólo mirar la comida. Sebastián levantó un camarón con su tenedor y se lo metió a la boca. Adelina troceó un pedazo de pan con ajo y lo mordió lentamente. Se sentía un poco nerviosa al estar ahí con Sebastián.

—¿Así que asististe a Cal State L.A.? —le preguntó él.

Adelina asintió con la cabeza. Esa había sido la universidad que quedaba más cerca del castillo de Drácula. Nunca hubiera querido ir a otra universidad más lejana, aunque don Ernesto había insistido en que ella tenía que conocer otros lugares.

—¿Y a dónde asististe tú? —preguntó ella.

—UCLA.

—¿Has vivido en Los Ángeles toda tu vida?

—Soy de San Bernardino. Pero me mudé aquí cuando empecé a estudiar en UCLA, y aquí me quedé.

Adelina lo observó mientras él se comía otro camarón. Decidió dejar el pan a un lado y finalmente levantó su tenedor. Él sonrió al ver el gesto.

—¿Y tus padres viven en San Bernardino? —preguntó ella.

—Sí —Sebastián asintió con la cabeza—. Casi toda mi familia vive allí. Mi hermano vive en San Diego y mi hermana recientemente se mudó a Berkeley para asistir a la universidad.

Adelina buscó una papa y se la echó a la boca. La comida estaba deliciosa. Y había algo especial en que ambos estuvieran comiendo de la misma charola.

—¿Por qué decidiste ser doctor? —preguntó Adelina.

—Cuando tenía ocho años, mi abuelo sufrió un ataque al corazón. Recuerdo que mi madre estaba gritando, pidiendo ayuda. Y yo me sentí inútil, sin saber cómo ayudar a mi abuelo. Él murió. Yo me juré que aprendería a ayudar a la gente.

—Lo siento.

—¿Podemos hablar de ti ahora? —preguntó Sebastián.

—No hay mucho que decir —dijo Adelina.

Él asintió con la cabeza, y luego se giró para apuntar a los botes que estaban atados en el malecón.

—¿No crees que ese es un bote muy bonito? —preguntó él.

Adelina respiró profundamente e inhaló la esencia salada del mar. El agua del mar brillaba bajo los rayos del sol. Miró el bote que él estaba señalando, un bote pequeño que esperaba para empezar su jornada en el mar.

juana

El bebé lloró y ella los miró: Don Elías, doña Matilde y su hermanito dentro de una tienda de ropa. Juana se escondió detrás de la puerta y los miró por la rendija.

—Me gusta éste —Juana escuchó a doña Matilde decir.

—Sí, sí este traje se le mirará muy bien a mi hijo —dijo don Elías.

—¿Y cómo le van a poner? —preguntó la vendedora.

—Se llama José Alberto Díaz —respondió doña Matilde—. Le he puesto el nombre de mi padre.

—Ay qué bonito nombre —dijo la vendedora.

Se llama Miguel García, pensó Juana. *Miguel García. Miguelito García. Mi hermano.*

Juana se preguntó si Amá sabía sobre el bautismo. Ella no hablaba mucho sobre Miguelito. Todo lo que hacía ahora era rezar todo el día, como lo había hecho antes, si no más. Había colocado el látigo todavía manchado de sangre al pie de la estatua de la Virgen de Guadalupe, para que Ella no olvidara sus súplicas.

El día del bautismo, Juana se fue al trabajo más temprano. Trabajó con más ahínco que nunca, tratando de olvidarse que ese día triunfaría don Elías sobre su madre. Juana se preguntó si el parto en el que doña Martina y Amá habían asistido ya había terminado. Juana le había pedido a doña Martina que se quedara con su madre todo el día. Manténgala ocupada. Manténgala lejos de esa iglesia.

A las tres de la tarde, doña Josefina le dijo a Juana que ya se podía ir. Juana tomó sus quesadillas y se fue a casa. La choza estaba vacía. Juana se preguntó a qué hora doña Martina y Amá regresarían. Se puso a contar los pesos que estaba ahorrando dentro de la lata de café. Se preguntó cuánto dinero más necesitaba para su viaje. Ella y Amá necesitaban irse pronto.

Alguien tocó a la puerta y Juana fue a abrirla. Doña Martina estaba afuera, sola. Estaba agitada y respiraba profundamente para calmarse. Había estado corriendo.

—¿Dónde está Amá? —preguntó Juana.

Doña Martina negó con la cabeza.

—No sé, Juana. Estábamos en la casa de Julia, esperando que naciera el bebé. Y tu mamá lo único que hacía era mirar hacia afuera. Luego me dijo que iba al baño y nunca regresó. No podía ir a buscarla, Juana, el bebé estaba a punto de nacer. Tan pronto como Julia dio a luz y me aseguré de que ella y el bebé estuvieran bien, vine pa' acá, con las esperanzas de que Lupe estuviera aquí contigo.

Juana fue por un vaso de agua para doña Martina.

Doña Martina bebió el agua y dijo: —Vamos a buscarla, Juana. Tengo un mal presentimiento.

Juana asintió con la cabeza. Ella sabía dónde había ido su madre. Pero no sabía lo que su madre había hecho.

Dos patrullas pasaron mientras caminaban hacia la iglesia. Las sirenas hicieron que a Juana le zumbaran los oídos. Juana se apoyaba en el brazo de doña Martina, como si ella fuera la anciana y no doña Martina. Su corazón latía con tanta rapidez que se estaba mareando.

La muchedumbre estaba reunida afuera de la iglesia. Alguna gente lloraba, otros sacudían la cabeza en desaprobación, otros se persignaban. Juana no podía oír claramente lo que decían. Vio a doña Matilde llorando, con su hermanito en los brazos. Juana se entristeció al saber que el niño ya había cumplido su primer año y que ella no pudo celebrarlo con él. Tres judiciales estaban de pie junto a doña Matilde, haciéndole preguntas.

—Ella nada más llegó y trató de arrebatarme a mi hijo —doña Matilde les dijo.

—¿Y usted conoce a esa mujer? —preguntó uno de los judiciales.

Doña Matilde negó con la cabeza, y entre lágrimas dijo: —Ella estaba borracha. Estaba diciendo tonterías, y de repente sacó un cuchillo.

Las puertas de la iglesia se abrieron y salió Amá, esposada, con el vestido cubierto de sangre. Tres judiciales caminaban a su lado, empujándola hacia la patrulla.

Juana corrió, llorando.

—¿Amá? ¿Amá? ¿Qué ha hecho, Amá? ¿Qué ha hecho?

Un judicial alzó la mano para detenerla. Juana siguió corriendo y tomó a su madre del vestido.

El judicial le golpeó la mano para hacerla a un lado.

—¡Te dije que no te acercaras!

Juana se miró las manos manchadas de sangre.

—Ellos no oyeron mis rezos, Juana —dijo Amá mientras los judiciales la arrastraban hacia la patrulla—. Le rogué que me regresara a mi hijo. Él me golpeó y me echó a patadas.

Los judiciales trataron de meter a Amá en la patrulla a empujones, pero Amá rehusó entrar y le siguió hablando a Juana.

—¿Qué más podía hacer? Elías ya no podía hacerme algo peor de lo que me había hecho.

Los judiciales finalmente lograron meter a Amá en la patrulla y cerraron la puerta.

—¡Suelten a mi madre! ¡Suéltenla!

Juana miró la sangre que tenía en las manos.

El niño lloró. Juana giró para mirar a doña Matilde de pie detrás de ella, observando a Amá.

—¡Llévense a esa perra asesina! —gritó doña Matilde—. ¡Dejen que se pudra en la cárcel!

Juana estaba acostada en su catre llorando. El corazón le dolía, como si estuviera atado a un yunque. Su hermosa madre estaba en la cárcel. Su cuerpo se retorció de dolor.

¿Por qué Amá lo mató? ¿Por qué?

Se hubiera quedado con Amá ayer. Se hubiera quedado con ella y no hubiera ido a trabajar. Amá nunca hubiera hecho tal cosa. Nunca. Y ahora estarían juntas en casa.

Juana caminó hacia el altar y miró el látigo al pie de la Virgen de Guadalupe. Se quitó el vestido y lo tiró en el piso. Se puso de rodillas, casi desnuda, arropada con sólo su ropa interior. Su cuerpo tiritó cuando una ráfaga de viento entró por los palos de bambú a besarle la espalda descubierta.

Los santos querían su sangre, también. Tal vez entonces Ellos finalmente escucharían sus rezos.

Juana recogió el látigo de Amá, manchado de sangre seca. Lo elevó sobre ella, y con toda su fuerza lo dejó caer sobre su espalda.

Dos semanas después, cuando las heridas le habían sanado, Juana se dirigió a la estación del tren. Caminó sobre las vías, las piedras crujiendo bajo sus pies. El sol de la mañana brillaba fuertemente, secando las últimas gotas de rocío que colgaban sobre las hojas de las flores silvestres que crecían al lado de las vías.

¿Cuántas veces había entrado ella a los vagones de pasajeros, vendiendo quesadillas y tacos? Pero siempre que sonaba el silbato ella tenía que salirse del vagón. Muchas veces había observado a la gente subir al tren y despedirse de su familia por las ventanas. Todos siempre iban a diferentes lugares, siempre decían adiós. Y ahora, era su turno. Por primera vez en su vida, Juana viajaría en tren.

La estación estaba llena de vendedores y de gente. Juana le mostró el boleto al inspector y subió al tren. Cargaba un saco lleno de ropa y la lata de café en donde había guardado sus pesos. Caminó hacia la sección de tercera clase y se sentó.

Alguien tocó a la ventana. Eran doña Martina y su nieta. Juana rápidamente se levantó y bajó la ventana.

—Vine a darte esto —dijo doña Martina. Se puso de puntillas y le dio un mapa. Era el mismo mapa que una vez había usado para mostrarle a Juana lo lejos que estaba El Otro Lado—. Pa' que no pierdas el camino, Juana.

—Gracias, señora.

—Mi nieta y su esposo se irán a vivir a tu casa mañana. Ella me ayudará a cuidarla —dijo doña Martina.

Juana asintió con la cabeza.

—No te preocupes por tu mamá, Juana —dijo doña Martina—. Yo la cuidaré. Sólo cuídate bien. Mantente fuera de peligro y con la mente atenta. El camino es peligroso.

Doña Martina le entregó a Juana un pequeño bulto que había hecho con un pañuelo. Juana lo tomó, preguntándose qué sería. Algo dentro del bulto tintineó. Eran monedas. Juana se las devolvió a doña Martina.

—No puedo aceptar su dinero —dijo Juana.

Doña Martina negó con la cabeza.

—Tal vez lo vas a necesitar, Juana. No te preocupes por mí. Dios verá por mí. —Le dio a Juana un papel—. Apréndete este número de memoria, Juana. Es el telefóno de la tienda de don Mateo. Él me entregará cualquier mensaje que me dejes.

El tren anunció su salida. Doña Martina hizo la señal de la cruz y bendijo a Juana. —Ve con Dios, Juana.

La voz de doña Martina era suave como el canto de las palomas. Juana se estiró para tomarla de la mano, preguntándose si ésta sería la última vez que sentiría la mano callosa de doña Martina y que olería la esencia de hierbas que siempre la rodeaba.

• • •

En el camino a Cuernavaca, Juana hizo el intento de grabar en su memoria la imagen de su madre como había sido una vez, bella, llena de vida y fe.

Cerró los ojos y trató de dormirse, pero el sueño no llegaba. Quería ahogarse en la oscuridad, donde no existiera ningún pensamiento, anhelo, ni angustia. En la boca tenía el sabor a cobre. Así sabía el miedo.

En Cuernavaca, le pidió al conductor del taxi que la llevara a la estación de autobuses. Ella se sorprendió al ver que el lugar se parecía mucho a su pueblo. Las calles empedradas, los vendedores ambulantes, los conductores locos tratando de adelantarse unos a los otros.

Después de una hora de espera, los pasajeros abordaron el autobús. Juana se sentó al lado de una mujer que tenía a su hijo sentado en el regazo. Juana miró las gotas de sudor que brillaban en la frente del niño que miraba por la ventana, lleno de anhelo y resignación. No tenía más de cinco años, pero sus ojos se veían cansados, como los ojos de un anciano.

La mujer trató de sonreírle a Juana, pero parecía necesitar mucha energía para que sus labios formaran una sonrisa. Se puso a mirar por la ventana con ojos llenos de tristeza y miedo. Juana se preguntó de qué tendría miedo la mujer.

Juana se colocó el bolso en el regazo, la lata de café ya se sentía más ligera. Esperaba que el dinero le durara. El autobús salió de la estación y se dirigió a la carretera principal. Al otro extremo del pasillo estaba sentado un hombre que estaba ocupado leyendo un periódico. En frente de Juana estaban sentados un hombre y una niña.

—¿Está lejos El Otro Lado, papi?

Al oír a la niña hacer esa pregunta, Juana puso atención a la conversación.

—Está al otro lado de la frontera, mija —dijo el padre—. Cuando lleguemos a Tijuana, un coyote nos ayudará a cruzar.

—¿Qué es la frontera, papi?

—Colinas —dijo el padre—. Colinas y arbustos, sólo eso. Pero debemos caminar mucho para cruzar.

—Pero si es tierra, ¿por qué no podemos irnos en el autobús hasta allá? ¿Por qué tenemos que cruzar caminando?

—Porque no tenemos papeles, Carmen. Y aunque sólo sea tierra, la frontera representa una pared. Debemos entrar como ladrones.

Juana ansiaba poder preguntarle al hombre qué quería decir con eso. Colinas y arbustos, eso era la frontera. Qué extraño.

El niño sentado en el regazo de su madre respiraba profundamente, como si hubiera corrido y ahora estuviera tratando de calmarse.

—Ya mero llegamos, hijo, ya mero —dijo la madre.

Juana miró a la mujer y vio por primera vez las arrugas de preocupación que tenía en la frente y alrededor de los ojos. La mujer miró también a Juana pero no dijo nada. El niño se bajó de las piernas de su madre y se mantuvo de pie por un momento. Luego se sentó en el regazo de su madre otra vez, tomando largos tragos de aire. Se volvió a poner de pie, aunque el espacio entre los asientos era muy angosto.

Parecía una pequeña lagartija atrapada dentro de una botella de vidrio.

—Ya mero llegamos. Ya mero llegamos —dijo su madre

otra vez, con una urgencia en la voz que sorprendió a Juana. El hombre sentado al otro extremo del pasillo tosió y movió el periódico a un lado para mirarlas. Luego miró al niño por un momento con una mirada penetrante. Juana notó que las pupilas del niño estaban dilatadas.

La madre levantó al niño y se lo puso en las piernas. Se recargó en el respaldo del asiento y cerró los ojos, apretando fuertemente a su hijo. Juana cerró los ojos también, deseando que el delicado movimiento del autobús la arrullara hasta dormirla.

Cuando despertó de un dormir sin sueños, Juana vio al niño recostado contra su madre con los ojos cerrados. A Juana le dio gusto que el niño finalmente se había quedado dormido. Había estado muy inquieto. La madre miraba por la ventana. Juana pensó que ella también estaba dormida, pues no se movía, pero los ojos los tenía bien abiertos. ¿Acaso había gente que dormía con los ojos abiertos? El camión golpeó algo en la carretera y sacudió a todos los pasajeros de lado a lado. El niño se recargó contra Juana y con delicadeza ella lo levantó un poco para acomodarlo mejor. La cabeza del niño colgó hacia un lado. Ni siquiera se había despertado.

—Arturito, mijo, ya mero llegamos —la mujer dijo otra vez. Pero el niño siguió con los ojos cerrados y no se movió. La mujer puso la mano sobre el pecho del niño y Juana sintió el cuerpo de la mujer estremecerse a su lado.

El hombre al otro extremo del pasillo puso su periódico a un lado y se acercó a ellas. Su aliento olía a menta y Juana anhelaba poder pedirle un dulce de menta para deshacerse del sabor amargo que tenía en la boca.

—Debe ser fuerte señora. Si llora o hace un escándalo, causará un disturbio en la gente, y el conductor se verá forzado a sacarla a usted y a su hijo del autobús, aquí en este lugar tan solo.

La mujer volteó a mirarlo. ¿A qué se estaba refiriendo el hombre? Se preguntó Juana.

—Usted sabe cómo es la gente —dijo el hombre en voz baja—. Le tiene miedo a los muertos.

La mujer asintió con la cabeza, y luego desvió la mirada. Su cabello volaba con el viento que se metía por la ventana abierta. Se metió un pedazo de su rebozo a la boca y lo empezó a masticar. Masticó y masticó y Juana se preguntó si la mujer tendría hambre.

¿Por qué estaría el hombre hablando de los muertos?

El autobús se sacudió otra vez y el niño volvió a recargarse sobre Juana. Ella alzó la mano para tocarle la mejilla. El niño estaba frío.

—Debería subir la ventana —le dijo Juana a la mujer—. Su hijo tiene frío.

—Nada lo puede lastimar ya —dijo la mujer. Y se metió un pedazo más grande de su rebozo en la boca.

Juana notó entonces que el pecho del niño ya no subía y bajaba.

Los ojos de la mujer le suplicaron a Juana que guardara silencio.

Cuando el camión llegó a la ciudad de México, Juana decidió que le iba a preguntar al padre y a la niña sentados en el asiento en frente de ella, si los podía acompañar. Ellos se dirigían a

Tijuana, y al igual que ella, también estaban planeando cruzar para El Otro Lado.

La Ciudad de México estaba llena de carros veloces y de gente que iba de prisa por las calles anchas. Los edificios competían en espacio y altura. Los bordillos y las banquetas estaban llenos de basura dispersada en diseños multicolores. La gente dormía bajo cajas de cartón en las banquetas, sin importarles que bloqueaban el paso, forzando a los peatones rodearlos o saltar sobre ellos.

Malabaristas corrían hacia la calle cuando el tráfico se detenía ante las luces rojas. Algunos sacaban fuego por la boca y otros hacían malabarismos con pelotas o bolos. Tenían las caras pintadas de payasos y Juana se preguntó si se pintaban las caras para esconder su rostro y no sentirse avergonzados. Había niños que caminaban por las calles vendiendo cajas de chicle o periódicos. Otros cargaban cubetas y garras, y cuando los coches se detenían corrían hacia ellos, se trepaban para limpiar los parabrisas.

A Juana le pareció que era muy difícil sobrevivir en esa ciudad.

El autobús entró a la terminal y se estacionó. Juana ayudó a la mujer a cubrir a su hijo muerto con su cobija. Juana sostuvo el brazo de la mujer hasta que bajaron del autobús, pero nunca le quitó la vista al padre y a la hija, que se colgaban sus mochilas, alistándose para partir.

—¿Puede agarrar mi bolsa? —preguntó la mujer, señalando una bolsa verde.

El maletero la estaba sacando del compartimento de equipaje. Juana rápidamente la tomó y se la colgó en el hombro.

—La encaminaré hasta la sala de espera —dijo Juana.

Juana se preguntó lo que la mujer iba a hacer en esas terribles circunstancias. Cuando llegaron a la sala de espera, vio que el señor y su pequeña hija estaban comprando boletos para Tijuana. Quería correr hacia ellos y comprar un boleto para el mismo autobús, pero en su lugar, volteó a ver a la mujer, que miraba alrededor de la estación como si no supiera lo que estaba haciendo allí, con su hijo muerto en los brazos.

El señor y su hija se dirigieron hacia la parte trasera de la terminal para abordar el camión.

—¿Alguien la viene a recoger? —le preguntó Juana a la mujer. Ella negó con la cabeza.

—Tengo una prima aquí que me presta los papeles de su hijo pa' que lleve a mi niño al doctor una vez al mes. Pero pos ella vive pa'l otro lado de la ciudad. Yo creo que esos papeles ya no me sirven pa' nada.

—¿Y qué va a hacer entonces? —Juana le preguntó, sin quitarle la vista a la puerta de abordar.

—Pos no sé. No tengo dinero. Mi prima me presta dinero pa' irme de vuelta a Cuernavaca.

Las dos estuvieron paradas, mirando al suelo, sin saber qué decir. Un gemido se escapó de los labios de la mujer y empezó a temblar. Las lágrimas que no podía derramar en el autobús brotaron de sus ojos y rodaron por sus mejillas.

—Necesito llevarlo a casa. Necesito llevármelo. Esta tan frío, mi niñito, tan, tan frío.

Peinó el cabello del niño con sus dedos y lo empezó a mecer en sus brazos, como si sólo estuviera dormido.

—Espere aquí —dijo Juana. Por última vez ojeó la puerta de embarque antes de darse la vuelta y dirigirse a la taquilla—. Me da un boleto para Cuernavaca, ¿por favor?

—Línea 6 —dijo el hombre—. El autobús se va en media hora.

Juana sacó su bote de café y sacó los pesos. Los colocó en el mostrador y empezó a contarlos. Miró al hombre y notó que él estaba tratando de no echarse a reír.

—Aquí tiene —dijo ella.

—Siento que hayas tenido que romper tu cochinito —dijo el hombre, y se echó a reír.

Juana se dirigió de regreso a la mujer que estaba recargada contra la pared, luchando con el peso de su hijo, como si pesara doscientos kilos. Juana sabía que la tristeza le había quitado las fuerzas.

—Ven conmigo —dijo Juana y la ayudó a sentarse en uno de los asientos de la sala de espera.

—Necesito ir al baño —le dijo la mujer a Juana después de unos minutos.

De repente Juana no sabía qué hacer. Sabía que la mujer no se podía llevar al niño con ella. Juana tragó saliva.

—Démelo. Yo lo cargaré.

Juana estiró los brazos y la señora colocó al niño sobre ellos. Juana lo apretó contra ella, tratando de ofrecerle un poco de calor. Parecía muy tranquilo. Ella notó que sus labios se curvaban en una sonrisa.

Juana se despidió de la mujer y vio el autobús dar la vuelta en la esquina. Se dio cuenta de que su bolso estaba más ligero. El bote de café ya casi estaba vacío, y después de comprar su boleto a Tijuana, lo echó a la basura. Cambió las monedas que le quedaban por billetes y se los metió en el sostén.

El viaje a Tijuana duraría tres días. Eso fue lo que el hombre de la taquilla le había dicho. El señor y su hija se habían ido, y ahora Juana tenía que viajar sola en un autobús lleno de extraños. Se preguntó cómo estaría la señora, ella también viajaría sola, pues su hijito sólo era ya un cuerpo frío. Los ojos se le llenaron de lágrimas al imaginarse a la mujer en un autobús lleno de gente extraña, sin poder compartir su dolor. Juana sabía que había tomado la decisión correcta al comprarle a la mujer un boleto de regreso a Cuernavaca, pero al mismo tiempo le hubiera gustado todavía tener todo su dinero y estar viajando con el señor y su hija, dirigiéndose con ellos a El Otro Lado.

Cuando se puso el sol, todos los pasajeros se quedaron dormidos, menos Juana. Mientras viajaban en la noche, las sacudidas del autobús ahuyentaban el sueño de Juana.

Juana fue la primera en bajarse del autobús en Guadalajara. Al recargarse contra la pared para estirar el cuerpo, sintió como si miles de hormigas caminaran por sus piernas. Fue en busca de comida, esperando que caminar le ayudaría a recuperar la sensación en las piernas entumidas. No había comido por casi un día entero. Su estómago había gruñido en desacuerdo.

El aroma de cecina asándose en el comal entró por la estación y se tejió entre la gente que iba siguiendo el olor hacia afuera de la estación. Juana escogió el puesto de comida que tenía menos gente esperando. Mientras esperaba su turno, ponía un pie sobre el otro, deseando que la cola se moviera más rápido. Respiraba profundamente saboreando el aroma picante de los chiles asados. Cuatro personas más y llegaría su turno.

—¿Me da una caridad por favor? Un anciano ciego puso una lata cerca de la cara de Juana.

—No tengo cambio —le dijo ella. Pero él le acercó la lata aún más, casi golpeándole la mejilla. Su mano arrugada temblaba frente a ella, recordándole las manos de doña Martina. La piel vieja del anciano era delgada y transparente, como papel de china. Juana podía ver claramente las venas bajo la piel. Con la mirada recorrió el brazo del anciano, siguiendo la vena más oscura, hasta que desapareció bajo la manga de su camisa vieja. Volvió a encontrar la vena latiendo en la base del cuello. Juana la miró por un momento, luego subió la mirada al rostro del anciano. Sus ojos estaban vacíos.

Juana pensó en los pocos billetes que le quedaban y con tristeza movió la cabeza de lado a lado.

—Lo siento, pero la verdad es que no tengo monedas pa' darle.

Tres personas más.

El viejo ciego se dirigió hacia la estación, guiándose con un bastón. Más allá, en la banqueta, una mujer que tenía a su hijo atado a la espalda con un rebozo estiraba su mano a la gente. «Una limosnita por favor. Una limosnita por favor».

Dos personas más.

¿Cuánto tiempo tengo? Juana preferiría seguir con hambre a que se le fuera el autobús. Se dio la vuelta, a punto ya de irse, cuando la persona en frente de ella se fue y finalmente llegó su turno.

—¿Qué te doy, niña?

—Me da tres tacos de cecina y un agua de tamarindo, por favor.

¡Pero con qué lentitud la mujer recogió las tortillas y las rellenó de carne! Y cuánto se tardó para revolver el agua de tamarindo antes de llenar el vaso cucharón por cucharón.

Apúrese. Apúrese.

—Aquí tienes, niña.

Juana tomó la bolsa de tacos y el vaso regresando con prisa a la estación. ¿Cuánto tiempo le quedaba?

—Oye, ¡ten cuidado!

Las maletas en frente de ella casi la atropellan. Un poco de agua de tamarindo mojó su vestido.

—Escuincla tonta. ¡Mira por donde vas!

El hombre siguió empujando sus maletas. Juana corrió otra vez, y cuando un niño empujó un carrito en frente de ella, Juana se ladeó para evitar chocarse con él.

—Tenemos que subirnos al autobús, niña.

Juana volteó y vio a uno de los pasajeros del autobús. Como el hombre era alto y gordo, fácilmente empujaba a la gente a un lado. Juana lo siguió, quedándose cerca de él para correr por el espacio que la gente hacía para él. La gente se abría como un cierre para dejarlo pasar. Un carro lleno de maletas se le atravesó, y el hombre se hizo a un lado para no chocar con él, chocó contra el viejo limosnero e hizo que la lata le saltara de las manos. Las monedas cayeron al piso como la lluvia y se fueron rodando en todas direcciones.

—¿Dónde está mi lata? ¿Dónde está mi lata?

El viejo limosnero estiró las manos y le apretó el brazo a Juana.

—Lo siento —dijo ella.

El viejo se agachó y puso su bastón a un lado. Recorrió el piso con los dedos tratando de encontrar las monedas. El hombre gordo miró a Juana y luego miró hacia la puerta de embarque. Juana sabía que no tenían mucho tiempo.

—Vamos, niña, que se nos va el autobús —dijo el hombre. Hágase a un lado, viejo.

Alguien por poco tropieza con el anciano, que andaba a gatas sobre el piso, buscando sus monedas. Un día entero de limosna había rodado lejos de él. Y ahora ya no tendría para comer. Juana se echó al suelo y empezó a recoger las monedas que la gente pateaba al caminar de prisa.

Juana levantó la vista. El hombre gordo se había marchado. Encontró la lata del viejo y vació las monedas que había recogido del piso. Cuando ya no pudo encontrar más monedas, ayudó al viejo a pararse y se echó a correr.

Por favor, Diosito, que no se haiga ido el autobús.

«Oye, ¿dónde está tu boleto?».

Juana corrió y no volteó a mirar si el guardia de la puerta de embarque venía tras ella. La línea 9 estaba vacía. Tal vez el autobús se movió. Fue a la línea 10, la Ciudad de México. Línea 11, Tepic. Línea 12, Hermosillo.

—Señor, por favor, ¿dónde está el autobús a Tijuana? —Juana le jaló la manga al guardia, desesperada.

—Ay, salió hace un minuto.

Juana soltó al guardia y se echó a correr, atravesando el estacionamiento. La bolsa de tacos se le cayó al piso, pero no regresó a recogerla. Empujó a la gente a un lado, sin importarle que le gritaran groserías. Podía ver al autobús abriéndose paso lentamente para no atropellar a la gente caminando a los lados de la calle.

Las banquetas eran angostas y estaban llenas de gente, así que Juana corrió por la calle, ignorando los coches que le pitaban. Corrió más rápido. «¡Te van a atropellar!», le gritó alguien.

Ya casi llegaba. Ya casi. El autobús se veía ahora, más cerca. Cuando llegó a la intersección, el policía de tránsito parado en medio de la calle levantó una mano con guante blanco para dejar pasar a los coches que se dirigían en la dirección opuesta. Un torbellino de color blanco, azul, rojo y amarillo pasó por delante de Juana. Y el autobús se hizo más y más pequeño mientras ella esperaba que la mano del policía de tránsito bajara.

Juana se lanzó a la calle, haciendo que los carros frenaran o viraran para no atropellarla.

—¿Qué estás haciendo?

—¡Salte de la calle!

El autobús se hizo más y más pequeño.

—¡Espere! ¡Por favor! ¡Espere!

Finalmente, el autobús entró en la autopista. Juana dejó de correr. Se recostó contra la pared, apretándose el estómago. Las costillas le ardían de dolor.

En la noche, la estación de autobuses estaba tan callada como una iglesia. Sólo unas cuantas personas estaban en la sala de espera, con la cabeza colgando a un lado en un sueño incómodo. Otras personas estaban acostadas en el piso sobre cajas de cartón que habían aplanado. Se cubrían con hojas de periódico y usaban los brazos como almohadas.

Juana se preguntó en dónde sería mejor dormir. Si dormía en la silla sabía que al día siguiente tendría un terrible dolor en la nuca. Pero si dormía en el piso duro y frío, la espalda le dolería. Pensó en el bolso de ropa y en su suéter. ¿Quién se lo llevaría ahora que estaba viajando en el autobús sin ella?

La gente que dormía en el piso eran hombres. Sólo una de las personas en las sillas era mujer. Era una mujer mayor que se abrigaba con un rebozo azul. Tenía una trenza negra enrollada en el cuello como si fuera una bufanda. Juana se dirigió hacia la mujer y se sentó cerca de ella.

El próximo autobús a Tijuana saldría a las seis de la mañana. Siete horas. Juana le echó un vistazo al guardia que estaba parado en la entrada de la estación y se sintió segura. Subió los pies a la silla y los metió bajo las piernas, dejando que su vestido la cubriera lo que más pudiera. Descansó la cabeza sobre sus brazos y cerró los ojos.

El eco de pasos vibrando contra las paredes, llantas rechinando en la calle, motores de coches prendiéndose, alguien tosiendo sin control, serenatas de ronquidos, maletas siendo arrastradas sobre el piso de linóleo…: esos fueron los ruidos que Juana escuchó durante la noche que pasó en la estación de autobuses. No podía dormir. Tenía miedo de despertar y darse cuenta de que el autobús la había dejado otra vez.

El guardia caminaba alrededor de la estación. Ella notó que él no era el mismo guardia que había visto hacía unas horas. El otro era un hombre ya mayor, con bigote y ojos amigables. Éste era joven y andaba pateando a los hombres dormidos en el piso y diciéndoles que se despertaran: «Éste no es un hotel», dijo él. «Levántense. Levántanse ya».

Juana consultó el reloj colgado arriba del mostrador y miró

que eran las dos de la mañana. Cuatro horas más. El hombre sentado frente a ella se quitó unas hojas de periódico y se las ofreció.

—Gracias —dijo ella, y se cubrió con el periódico. El hombre se durmió. Sus ronquidos eran como una canción, como uno de los boleros que le gustaban tanto a Amá. Juana escuchó los ronquidos y trató de cantar, pero las palabras no le vinieron a la mente.

adelina

Adelina estaba sentada al lado de la cama de don Ernesto, mirándolo dormir. Habían celebrado sus ochenta años hacía dos días. Adelina lo había invitado a vivir con ella, pero él se había quedado en el Castillo de Drácula, insistiendo que debía cuidar a sus animales.

Ella lo visitaba casi todos los días, especialmente ahora que estaba demasiado débil y frágil. Don Ernesto se despertó y sonrió al verla. Él levantó la mano y le tocó el rostro. Adelina cerró los ojos y puso la mano sobre su mano arrugada. Bajó la cabeza, la colocó sobre el pecho del anciano y lo dejó que le acariciara el pelo.

—¿Qué te pasa, criatura? Has estado muy pensativa estas últimas semanas. ¿Aún no te has decidido a tener una relación con el muchacho que te pretende?

Adelina sonrió. Siempre le había sorprendido la habilidad que don Ernesto tenía para leerle el pensamiento.

—Te conozco hace quince años, Adelina. Y en todo ese

tiempo nunca te he oído hablar de ningún muchacho. Nunca has salido con nadie, nunca has tenido amistades…

—No he tenido tiempo para amistades, don Ernesto. Todo el tiempo que he tenido lo he pasado buscando a mi padre.

—Adelina, ¿ni siquiera por el amor vas a dejar de buscar a tu padre?

—Ni siquiera por el amor.

—El amor es díficil de encontrar. No debes dejarlo ir. No gastes tu juventud buscando a un fantasma.

—Mi padre no es un fantasma. Lo encontraré.

—¿Y cuando lo hagas, qué? ¿Acaso podrás recuperar todo el tiempo perdido? ¿Podrás regresar al muchacho, con la esperanza de que él te haya esperado?

Adelina guardó silencio por un momento.

—Yo no guardo la ilusión de que alguien me espere, don Ernesto —dijo ella—. Hay cosas que yo he hecho. Cosas que no puedo olvidar. Hubo hombres en mi pasado y su recuerdo nunca me dejara libre.

Don Ernesto estrechó la mano para tomar la de ella.

—Prométeme que te darás la oportunidad de ser feliz con este muchacho.

—Pero don Ernesto…

—Calla, hija. Yo soy un viejo y no estaré en este mundo por mucho tiempo más. Lo único que deseo saber es que no estarás sola. Anda, haz lo que te digo.

—Está bien, don Ernesto. Se lo prometo. Le prometo que lo intentaré.

juana

El autobús se salió de la carretera principal y se dirigió hacia un pequeño pueblo. Las luces del autobús saltaban de arriba a abajo, mientras las llantas rodaban sobre las piedras y los pozos en el camino de tierra. A su alrededor, brillaban luces en la oscuridad, recordándole a Juana las luciérnagas que bailaban sobre los arbustos cerca del río en su pueblo.

—¿Dónde estamos? —le preguntó Juana al hombre sentado a su lado. Habían viajado por casi dos días ya y ella se preguntaba cuándo llegarían a Tijuana.

—Estamos cerca de Guaymas —dijo el hombre— en el estado de Sonora.

—Gracias —dijo ella.

Algunas personas empezaron a moverse en sus asientos, hablando en voz baja. Algunos pasajeros se levantaron y bajaron sus bolsas y maletas de los compartimentos de arriba.

Juana sacó el mapa que había comprado en una de las paradas. Estaba ya sólo a unos centímetros de Tijuana, pero ¿cuántos kilómetros había de distancia entre ella y su padre?

• • •

En la madrugada, el autobús fue detenido por unos militares en la siguiente revisión. Juana miró los rayos de las lámparas vacilando en la oscuridad. Los militares entraron al autobús, apuntando las lámparas sobre los rostros asustados de la gente.

—Buenos días a todos. Somos del departamento de inmigración. Estamos llevando a cabo una inspección rutinaria y les pedimos su cooperación. Por favor tengan sus tarjetas de identificación listas.

Juana escuchó los murmullos de la gente. Escuchó cierres que se abrían, papeles siendo barajados. Escuchó suspiros de miedo.

¿Pero quién tenía miedo de estos hombres que apuntaban lámparas en los ojos de la gente?

Ella.

¿De qué estado eres? ¿Dónde vives? ¿A dónde vas? Juana los escuchó hacer estas preguntas al dirigirse a la parte trasera del autobús.

El hombre sentado a su lado abrió su bolsa y sacó sus documentos. Él volteó a mirar a Juana y preguntó: —¿No tienes tus documentos?

Juana negó con la cabeza.

—Los perdí cuando venía en camino. No tengo nada que diga quién soy. ¿Por qué están haciendo esto?— Ella volteó y vio a una mujer llorando.

—Están buscando a ilegales de Centro América —dijo el hombre—. Salvadoreños, guatemaltecos. Cualquiera que no sea mexicano.

Un soldado finalmente llegó a ellos, apuntó su lámpara en

la cara de Juana y del hombre y les pidió sus papeles. El hombre le entregó sus documentos.

—¿Y la muchacha? —preguntó el militar.

—Por favor, señor —dijo el hombre—. Es mi hija, pero sus papeles se perdieron en un incendio.

El militar miró a Juana y le hizo una serie de preguntas. Juana tuvo cuidado de darle los datos que había visto en los documentos del hombre. El militar asintió con la cabeza y continuó su recorrido.

Juana respiró profundamente. El hombre le dio palmaditas en el hombro, felicitándola.

—Hablas como una mexicana de verdad, muchachita. Eso fue lo que te salvó.

Juana volteó y vio a un militar haciéndole preguntas a una mujer que no dejaba de llorar. El militar la levantó y la empujó hacia el frente del autobús. Cuando casi llegaba a la puerta, la mujer se dejó caer de rodillas y le rogó que la dejara ir.

—Por favor. ¡He llegado tan lejos! Y he pagado tanto. Por favor, ya mero la hago pa' El Norte. ¡Ya casi llego a América!

El soldado negó con la cabeza, la hizo levantar y la sacó a empujones del autobús.

Cuando el autobús entró a la autopista, seis personas con la cara bañada de lágrimas se quedaron atrás, rodeadas de militares.

Las calles del centro de Tijuana estaban llenas de gente y de vendedores ambulantes. Tanta gente dándose codazos, abriéndose paso en las banquetas. Cuando el autobús finalmente llegó a la estación, Juana dejó que los pasajeros se bajaran antes que ella. Casi todos parecían tener un rumbo fijo, un lugar a donde ir, alguien a quien ver. Otros se quedaron atrás, con una mirada perdida, llena de incertidumbre. Ella era una de esos.

Cuando finalmente se pudo levantar, un dolor le recorrió la espalda de estar tres días sentada en el autobús. Las piernas casi se le doblaban, como si se hubieran olvidado cómo caminar.

Juana se preguntó qué debería hacer. Tenía el dinero suficiente para comprarse una sola comida. Esa noche tendría que dormir en la terminal de autobuses.

Se encaminó hacia la calle, preguntándose cómo uno le hacía para encontrar un coyote. ¿Acaso trabajan en agencias de viaje? ¿Y podría ella dirigirse hacia ellos y preguntarles, nada más así, si habían visto a su padre? ¿Y cómo lo describiría? Pensó mucho tratando de acordarse cómo era su padre. Pero el recuerdo que tenía de él era tan transparente como el humo.

adelina

Por mucho tiempo, Adelina rehusó usar la herencia de seis mil dólares que le había dejado don Ernesto. No quería aceptar que don Ernesto, en verdad, ya no estuviera con ella. Había llorado por él por muchas noches.

Finalmente, Adelina contrató un detective privado con el dinero que le dejó don Ernesto. Al principio, el detective encontró pistas falsas, pero un día de noviembre la llamó para darle la noticia que por mucho tiempo ella había estado esperando.

—Creo que esta vez lo he encontrado —dijo el detective Brian González—. Está en Watsonville, trabajando en los campos.

—¿Está seguro? —preguntó Adelina, recordando el viaje que una vez había hecho para el norte de California, parando en Salinas, Castroville y Watsonville. Ella no había encontrado nada. ¿Cómo fue posible que no lo hubiera encontrado entonces?

—Lo he visto —dijo el detective González—. Tiene el mismo nombre que su padre, y vino a los Estados Unidos en el mismo año que él.

—¿Habló con él? ¿Le preguntó sobre mi madre y sobre mí?

—Uh, hay un problema, Adelina.

—¿Qué pasa? —preguntó ella.

—Él no se acuerda de nada. Tuvo un accidente hace mucho tiempo. Un carro lo atropelló y el conductor no paró para ayudarlo. Perdió la memoria y aún no la ha recuperado. Dice que ve imágenes en su mente, imágenes de una mujer, una niña.

—¿Pero no se acuerda quiénes son?

—No. Dice que ha estado esperando que alguien venga a buscarlo. Está seguro de que tenía una familia, pero no sabe a dónde ir a buscarla. Había estado en Watsonville por dos días cuando ocurrió el accidente. Y lo único que los vecinos supieron de él fue su nombre.

—Voy a tomar el autobús de Greyhound esta noche —dijo ella.

—La recogeré en la estación —dijo el detective González.

Adelina lentamente colgó el teléfono. ¿Acaso esa era la razón por la que su padre nunca regresó a casa?, ¿porqué no se acordaba de dónde era?

¿Cuántas veces había viajado ella en un autobús de Greyhound? Demasiadas para poderlas contar. Siempre en sus días de descanso había ido a buscar a su padre. San Diego, San Clemente, San Luis Obispo, Santa Bárbara. Tantos nombre de santos, pero ninguno le había ayudado a encontrar a su padre.

Adelina se tomó dos pastillas para dormir y reclinó su asiento. Mientras esperaba que el sueño llegara, trató de recordar cómo era su padre. Apenas se podía acordar de sus ojos, en forma de gotas de lágrimas, siempre entreabiertos. Hasta cuando sonreía parecía triste.

Adelina miró por la ventana hacia la oscuridad. Apenas podía ver las siluetas de las montañas en la distancia.

El detective González la estaba esperando en la pequeña estación de autobuses en Watsonville. Él le preguntó si quería descansar y almorzar. Adelina sabía que había sido un viaje largo y su cuerpo estaba entumecido, pero aun así se negó.

—Lo quiero ver.

El detective González y la llevó hacia su coche. Manejó sobre un camino curvado que se desviaba por la carretera principal. En la distancia, Adelina podía ver plantas de fresa creciendo en líneas paralelas. Llegaron a un grupo de casas rodantes rodeadas de árboles. Algunos niños jugaban afuera y una mujer colgaba su ropa en un alambre que iba de un tráiler a un árbol.

La mujer observó a Adelina y al detective González. Adelina pudo percibir el miedo que la mujer le tenía a la gente extraña. Ella sabía que la gente que trabajaba en el campo siempre tenía miedo de ser descubierta por la migra.

—Buenos días, señora —dijo el detective González. La mujer movió la cabeza para saludar y siguió colgando su ropa.

—Esa señora tiene la boca sellada —dijo el detective González—. No me quiso contestar ni una de mis preguntas.

Tocaron a una puerta y esperaron. Adelina trató de calmarse

y respiró profundamente. Su padre probablemente estaba del otro lado de la puerta.

Una mujer que parecía andar por los cincuenta años abrió la puerta. Traía un mandil sobre su vestido y Adelina pudo oler el aroma de frijoles hirviendo en una olla.

—Detective González —dijo la mujer mientras se secaba las manos con una toalla de cocina.

—Buenos días, señora Gloria. Le presento a la señorita Adelina Vásquez.

Adelina estiró la mano para saludarla.

—Vine a ver al hombre que podría ser mi padre —dijo Adelina.

La mujer asintió con la cabeza y los guió a una pequeña sala. Les indicó que se sentaran en el sillón. Adelina se sentó y se sintió hundirse en los cojines acabados. Se sostuvó del sillón y se empujó hasta la orilla.

—Fue a cortarse el pelo. Estará aquí en cualquier momento. Quería verse bien pa' cuando viniera.

Adelina miró a la mujer, escuchando el tono en que ella hablaba de su padre. Con mucha familiaridad, intimidad.

—¿Viven juntos? —le preguntó a Gloria.

—Yo vivo aquí, sí —dijo Gloria. Estaba tan nerviosa que estaba apretando fuertemente la toalla que tenía en las manos.

—Lo que quise decir es que si usted es su pareja —dijo Adelina, no queriendo decir las palabras «mi padre» y «esposa».

—Si señorita, yo soy su pareja.

Adelina miró al detective González. ¿Por qué no le había mencionado eso?

—Escuche, señorita —dijo Gloria—, él no se acuerda de su

pasado. No sabíamos si estaba casado y si tenía hijos. Por muchos años estuvimos como amigos, pensando que algun día alguien iba a venir a buscarlo, pero nadie vino. Estamos viejos ya. Hace unos años decidimos darnos la oportunidad de ser felices.

Adelina miró a Gloria retorcer la toalla como si fuera un pescuezo de gallina.

—He tenido tanto miedo de que este momento llegara —dijo Gloria, antes de disculparse y salir corriendo para esconderse en la cocina.

Adelina no sabía qué pensar. Había visto bien la cara de Gloria, la agonía escrita en su rostro. Debía ser difícil tener una relación con alguien sabiendo que algun día llegaría el pasado a pedir cuentas.

Oyó que alguien chiflaba afuera. Inmediatamente se enderezó, los ojos estaban pegados a la puerta. Lentamente se movió la chapa. Adelina apretó las manos, como si estuviera rezando. «Por favor, que sea mi padre. Por favor».

La puerta se abrió y entró el hombre a quien había estado esperando. Él se recargó contra la puerta y miró a Adelina.

Adelina se puso de pie, no sabiendo qué decirle. La quijada le tembló levemente, pero apretó los dientes dentro de la boca.

—Buenos días —dijo él al estrechar la mano—. Yo soy Miguel García.

—Buenos días —dijo Adelina, estrechando la mano para saludarlo. Las manos de él eran ásperas como piedra pómez.

juana

Estaba oscuro. En la distancia, un mariachi tocaba La Malagueña. Juana cantó las palabras en voz baja, tratando de tener cuidado de que nadie la oyera. Apretó las rodillas contra su pecho, tratando de abrigarse del frío.

Deseaba estar con su madre, comiendo frijoles y cecina con salsa o estar acostada cobijada en su catre, mientras el calor de su madre la calentaba.

Sin embargo, estaba sentada allí en la banca de un parque, con frío y hambre, y muy lejos de su casa. Intentó quedarse en la estación de autobuses, pero para su mala suerte habían cerrado la estación y la habían echado. Juana entonces había caminado sin rumbo por las calles, no sabiendo a dónde ir. No tenía dinero, y aún no había empezado a buscar a su padre.

El viento sacudió las ramas de los árboles a su alrededor. Descansó la cabeza sobre las rodillas y dejó que el cabello se le deslizara por los hombros como un rebozo. De repente, escuchó pasos dirigiéndose hacia ella. Apenas pudo ver a la muchacha que pasó corriendo, metiéndose entre los árboles. Luego, Juana escuchó voces. Voces masculinas, fuertes y llenas de rabia.

—¡Yo sé que se vino por aquí!

—¡Agarra a esa puta antes de que huya con mi cartera!

De un salto Juana se puso de pie. Miró a la derecha y vio unas sombras moviéndose. Los pasos se escuchaban más cerca. La luz de una lámpara atravesó la oscuridad y cayó sobre su cara.

—¡Ahí está!

Juana dio la vuelta y se echó a correr. Los escuchó detrás de ella. Salió corriendo del parque hacia la calle. Se detuvo en la intersección. Tenía que cruzar la calle. Tenía que escaparse de ellos. Se lanzó contra el tráfico y se echó a correr. Los carros se desviaban para no golpearla.

—¡Salte de la calle!

Juana se detuvo para recuperar la respiración. Volteó a mirar a dos policías y otro hombre corriendo tras ella. ¿Por qué la perseguían?

—Detente, ladrona. ¡Detente! —gritó el hombre.

Uno de los policías chifló con un silbato mientras atravesaban la calle. Sin pensarlo más, Juana se echó a correr; chocó contra la gente caminando en la banqueta. Se metió en un callejón y siguió corriendo. Los oía detrás de ella. Ya estaban cerca.

Sintió que unos brazos la atrapaban y la tiraban al suelo.

—Ya te tengo, chamaca. Ya te tengo.

Le jalaron los brazos por detrás y le pusieron esposas en las muñecas.

—¡Está cometiendo un error! —gritó Juana—. ¡Está cometiendo un error!

Juana estaba agachada en una esquina en la celda. Sentía las lágrimas a punto de brotar, pero no las dejaba escapar. Les había dicho una y otra vez que habían cometido un error. Ella no había hecho nada, más que tratar de dormir en un banco del parque. ¿Y acaso eso era un delito? Pero el hombre seguía insistiendo, seguía pidiendo su cartera.

Los judiciales la habían cacheado, la habían tocado en sus partes más íntimas. Una y otra vez les dijo, «No he robado nada». El hombre siguió insistiendo que ella le había robado su cartera. Dijo que de seguro la había escondido en algún lugar.

Después de la interrogación la echaron en una celda con otras tres prisioneras. Dos de ellas parecían andar en los treinta años, la otra era más joven. No mucho mayor que Juana. Las caras de las mujeres estaban pintadas con mucho maquillaje. Los labios estaban pintados de un rojo fuerte y traían los ojos manchados de rímel negro.

La muchacha tenía una falda negra muy corta, hecha de un material brilloso, y su blusa era roja con tirantes. Las otras dos mujeres tenían vestidos cortos y muy apretados. Eran mujeres de la calle, prostitutas. Juana había visto ese tipo de mujeres en su pueblo.

La muchacha notó que Juana las miraba y se dirigió hacia la esquina en donde estaba Juana. Se agachó a mirarla, y Juana pudo ver que tenía los hombros llenos de moretones, como si alguien la hubiera maltratado y azotado.

—¿Cómo te llamas? —le preguntó la muchacha.

—Me llamó Juana García.

Los ojos de la muchacha eran de un verde oscuro, recordándole a Juana el río de su pueblo, los campos y el pasto moviéndose en la brisa.

—¿Y tú cómo te llamas? —le preguntó Juana.

—Adelina. Adelina Vásquez.

adelina

Miguel García mantuvo la vista sobre Adelina y ella también hizo lo mismo. Adelina miró cada parte de su rostro: su nariz larga y puntiaguda, sus ojos en forma de almendras, la boca que se curvaba como un arco, las arrugas en las esquinas de la boca, su frente y su cabello corto y gris.

—Por favor, siéntese —dijo Miguel García.

Adelina asintió con la cabeza y se dejó caer en el viejo sillón. Se sintió hundir más y más, como si el sillón se hubiera convertido en un hoyo negro que la estaba chupando hacia adentro.

—He rezado tanto tiempo para que llegara este momento —le dijo Miguel a Adelina al sentarse en una silla—. Por todos estos años he sentido como si estuviera viviendo en la oscuridad.

—Debe ser muy difícil para usted —dijo Adelina— no saber quién es, no saber de dónde es o quién es la gente a quien ama y que lo ama.

—Eso ha sido la parte más difícil —dijo Miguel—. No saber a quién dejé atrás. Quién estaba dependiendo de mí.

—El detective González dice que usted mira imágenes en su cabeza. Fragmentos de recuerdos, ¿tal vez? —dijo Adelina.

Miguel asintió con la cabeza.

—Eso me pasa más cuando estoy dormido. Veo a una mujer peinándose el cabello largo y negro mientras me está hablando, pero no puedo oír lo que me dice. Veo a una niña que está sentada en mis piernas, pidiéndome que le cuente un cuento. Miro colinas, los campos verdes. A veces me estoy bañando en un río. A veces miro a una anciana. Pero todo eso es como si fueran sólo sueños.

Adelina guardó silencio, pensando lo difícil que sería estar siempre preguntándose si lo que uno ve en la mente sólo son creaciones de su imaginación o si son verdad.

—¿Eres tú mi hija? —preguntó Miguel García, de repente.

Adelina le miró las manos. Estaba apretando la silla tan fuertemente, que los nudillos los tenía blancos. Gloria se paró junto a él, y miró a Adelina con la misma intensidad.

Adelina sabía lo que Miguel García buscaba en ella: él quería su identidad. Quería que le devolvieran todos los años olvidados. Quería recordar, poder mirarse en el espejo y saber dónde estaban sus raíces.

Y ella sabía lo que quería de él. Quería su libertad.

—Lo siento —dijo Adelina. Las palabras se ahogaron adentro, y luego sintió los ojos llenárseles de lágrimas. Lágrimas amargas llenas de desilusión—. Usted no es mi padre.

El gemido no salió de su boca, pero ella sintió como si hubiera pasado. Miró a Miguel García cubrirse el rostro con las manos. Miró su cuerpo temblar, sus esperanzas estrellarse contra el piso, miró a Gloria envolverlo en sus brazos, como si estuviera tratando de evitar que su cuerpo se desmoronara.

Adelina cerró los ojos, se dejó hundir en el sillón viejo y lo escuchó llorar.

juana

—¿Así que te metieron aquí porque pensaron que habías robado algo? —le preguntó Adelina a Juana.

Juana asintió con la cabeza.

—Carajo. Esos hijos de la chingada siempre hacen cosas así. Meten a cualquiera en la cárcel sean culpables o no.

—¿Y tú por qué estás aquí? —le preguntó Juana.

—Yo, eh, ya sabes, estaba trabajando.

Juana bajó la mirada, avergonzada.

—No eres de aquí, ¿verdad?

—No. Apenas llegué esta mañana.

—Yo llegué hace tres años —dijo Adelina—. Pero ¿qué estás haciendo en Tijuana?

Juana miró sus manos, pensando en su padre. Sintió que tenía algo atorado en la garganta. Y las lágrimas amenazaban con brotar de sus ojos en cualquier momento.

—Estoy aquí pa' encontrar a mi apá. Se fue de casa hace dos años. Se vino pa'cá con intenciones de pasarse pa' El Otro Lado. Y mi amá y yo ya no supimos de él.

Adelina extendió la mano y acarició el cabello de Juana. Instintivamente Juana se hizo hacia atrás. Le sorprendía sentir la mano de alguien tocarla con tanta ternura. Se acordó que Amá la había tocado de esa manera cuando todo había estado bien entre ellas, antes de que muriera Anita.

—Lo encontrarás, ya verás —dijo Adelina.

Juana asintió con la cabeza.

Juana se quedó en la cárcel un día más que Adelina. Cuando los cargos contra ella fueron retirados le dijeron que ya se podía ir. Adelina la esperó en la entrada de la estación de policía, como había prometido hacerlo.

—Te vas a quedar conmigo —dijo Adelina—. Doña Lucinda dice que no le importa, con tal de que le paguen su renta.

—¿Quién es doña Lucinda? —preguntó Juana.

—La dueña del lugar donde vivo.

—No tengo dinero, Adelina, pero te prometo que buscaré trabajo y te ayudaré.

—Lo sé.

Cruzaron la calle y esperaron en la parada del autobús. Juana miró los coches que pasaban rápidamente frente a ella. Se sentía tan pequeña en ese lugar, rodeada de tantos edificios altos y asfixiada por toda la gente a su alrededor.

—Adelina, ¿por qué me estás ayudando? —preguntó Juana.

Adelina miró el autobús que se aproximaba hacia ellas.

—Porque estás haciendo algo que yo no tengo el valor de hacer.

—¿Y qué es eso?

—Ir a buscar a mis padres.

Adelina sacó el dinero que necesitaban para pagar el pasaje. El autobús se detuvo ante ellas.

—¿Qué quieres decir? —preguntó Juana al subirse al autobús.

Caminaron por el pasillo y se dirigieron a la parte trasera, donde había menos gente.

—Hui de mi casa hace tres años, cuando tenía quince. Yo soy de El Otro Lado, como le llamas. Muchas veces he deseado regresar a casa. Pero ¿cómo podría regresar ahora? Mira en lo que me he convertido.

Adelina desvió la mirada, pero no antes de que Juana pudiera ver que sus ojos se habían llenado de lágrimas. Miró el nuevo morete que Adelina había tratado de cubrir poniéndose una capa gruesa de maquillaje en la cara. ¿De dónde venían tantos moretones?

—¿Y por qué huiste de casa? —preguntó Juana.

Le apenaba hacerle tantas preguntas, pero cuando miraba los ojos verdes de Adelina, no sentía que estuviera mirando los ojos de una extraña.

—Me enamoré —dijo Adelina—, pero él era mayor que yo, y mi padre me amenazó con mandarme a vivir con mis abuelos si no lo dejaba. Así que huimos para acá, a Tijuana.

—¿Y dónde está él?

—Viene de vez en cuando, para recaudar lo que le toca.

Adelina vivía en un viejo edificio de apartamentos no muy lejos del centro. La pintura azul se estaba despegando de las paredes como si fueran hojas secas de elote y el césped ya tenía mucho tiempo que no lo cortaban. Adelina dijo que habían doce cuartos en el edificio y que casi sólo mujeres vivían allí. Mujeres como ella. La muchacha con la que compartía el cuarto se había casado con un cliente y se había ido.

—¿No crees que tuvo mucha suerte? —preguntó Adelina mientras caminaban por el pasillo.

Juana podía escuchar ruidos detrás de las puertas cerradas por donde caminaban. Gemidos, camas rechinando. Oyó a alguien reír, a otra llorar.

Una mujer estaba en el umbral de su puerta, fumando. Al caminar frente a ella, Juana la reconoció. Era una de las mujeres con las que había compartido la celda.

—Hola Verónica —dijo Adelina—. ¿Te acuerdas de Juana?

Verónica asintió con la cabeza, soplando el humo del cigarro y mirándolo elevarse en el aire como una serpiente transparente.

—¿Así que decidiste asociarte con nosotras? —preguntó.

Juana no sabía lo que había querido decir, pero no le gustó nadita el tono de la pregunta.

—Virgen, ¿verdad? Anda, no tengas miedo —dijo Verónica—. Estás joven y no te ves nada mal, aunque estás demasiado flaca. Pero bueno, eso será para tu ventaja, de seguro —dijo Verónica al acariciarle la cara a Juana—. A muchos hombres les fascinará tu aspecto de niña frágil e inocente. Ya sabes, a los hombres les gusta sentirse superiores a las mujeres. Especialmente con las muchachitas que no se pueden defender.

—No seas así, Verónica, la estás espantando.

Adelina tomó la mano de Juana y se la llevó escaleras arriba a su cuarto. El olor del humo del cigarro fue tras ellas. Adelina se dirigió a su cajonero y prendió una varita de incienso. Juana respiró el olor a jazmín. Olía a Amá.

Adelina señaló una de las camas gemelas en cada esquina del cuarto.

—Esa es tuya —dijo Adelina apuntando a la cama del lado izquierdo.

Juana asintió con la cabeza. Se sentó en la cama que ahora ya era suya y saltó en ella. El colchón estaba viejo y la cama crujía pero era mucho mejor que el catre que había dejado en su pueblo.

Adelina se dirigió al closet y sacó un vestido corto de un color rojo subido.

—¿Vas a salir? —preguntó Juana.

Adelina asintió con la cabeza.

—*Yeah, gotta work* —dijo en inglés. Volteó a ver a Juana y se rió—. Necesito ir a chambear. ¿Sabes qué? Te voy a enseñar a hablar inglés. Juana nunca había escuchado inglés antes. Las palabras le parecieron raras. Pero quería aprender. Tal vez su padre ya sabía hablar inglés. No le soprendería a él, cuando ella lo encontrara, saber que su hija también ya podía hablar esa lengua extranjera.

—¿Te gusta lo que haces? —preguntó Juana.

—No, pero no sé hacer otra cosa. Además, no está tan mal, ya cuando te acostumbras.

Juana trató de desviar la mirada cuando Adelina se quitó la ropa frente a ella. Nunca había visto a una mujer desnuda, ni siquiera a su madre. Pero Juana no pudo dejar de voltear a verla y admirar el cuerpo delgado de Adelina. Se preguntó si en unos años más, ella también tendría esa figura.

—¿Y por cuánto tiempo te has dedicado a esto? —preguntó Juana.

—Casi tres años. Mi novio me metió en esto. Nos estábamos muriendo de hambre, caray, y él no podía encontrar trabajo. Un día trajo a unos amigos a la casa y pues una cosa llevó a otra y ahí estaban ellos, vaciando sus bolsillos y dándole billete tras billete a mi novio, pagándole por mí.

Cuando Adelina se volteó, Juana miró los rasguños que ella tenía en la espalda.

—Bueno, ya me tengo que ir —dijo Adelina al terminar de ponerse una nueva capa de maquillaje.

—Yo quiero salir también. Necesito empezar a buscar a mi apá.

—Ya es tarde, Juana. Deberías empezar mañana.

—No, yo creo que lo más pronto mejor —Juana se puso de pie—. ¿Crees que me puedas decir dónde puedo encontrar a los coyotes?

Adelina chifló. —Sí. Algunos de ellos son mis clientes. Pero te advierto, Juana, que ellos son de boca cerrada. La única manera de hacerlos hablar es en la cama, pero bueno, ven conmigo y yo te diré quienes son.

Adelina le dio a Juana un suéter y no tomó uno para ella.

—¿No tendrás frío? —preguntó Juana.

—Necesito enseñar lo que vendo, Juana. No me importa el frío. Lo que me importa es no morir de hambre y no estar sin un quinto.

• • •

Cuando llegaron a la cantina, Juana apretó mas fuerte el suéter contra ella. Sentía que muchos ojos la miraban. Demasiados ojos quemándola con sus miradas, como si la estuvieran desvistiendo. Los hombres chiflaban mientras ella y Adelina se dirigían a la barra. Adelina se sentó en un banco y cruzó las piernas, dejando que su vestido se subiera más y más, hasta dejar descubiertos los muslos.

Le indicó a Juana que se sentara a su lado. Los hombres llegaron pronto, ofreciéndoles bebidas.

—Hola Adelina, ¿así que nos trajiste a una ovejita? —preguntó uno de los hombres.

Adelina negó con la cabeza.

—Lo siento, muchachos, pero ella no está en este negocio. Es otra razón por la que está aquí.

—¿Y cuál sería esa razón? —preguntó otro hombre, dándole una cerveza a Adelina y otra a Juana. Adelina tomó la suy a, pero Juana movió la cabeza y dijo que no la quería.

—Estoy buscando a mi apá —dijo Juana suavemente, preguntándose si los hombres la habían escuchado a pesar de que la música estaba muy alta.

—¿Estás buscando a quién? —preguntó uno de los hombres.

—A mi padre. Se vino pa'cá hace dos años pa' irse al Otro Lado, y pos mi amá y yo ya no supimos nada de él.

Los hombres negaron con la cabeza.

—Lo siento, muchacha, pero no te podemos ayudar con eso.

Unos le dieron la espalda a Juana, otros se fueron. Adelina miró a Juana y se encogió de hombros.

—Va a ser difícil hacerlos hablar, Juana —dijo.

Juana pensó en Amá, en las cosas que ella había hecho con don Elías, en las cosas que la gente del pueblo habían dicho de ella. Pensó en el pecado que su madre había cargado como una cruz. Su madre había hecho lo que se tenía que hacer.

Y Juana tendría que hacer lo mismo.

adelina

Adelina observó la bandera que flotaba del poste en la cima de una colina en la distancia. Se preguntó cuándo habrían puesto esa bandera, pues no había estado allí cuando ella se fue del pueblo, hacía diecisiete años.

El autobús lentamente bajó las montañas, dirigiéndose al valle donde estaba el pueblo. Adelina se mareó mientras el autobús rodeaba por las curvas.

Mantuvo la miraba sobre el pueblo expandido por todo el valle, preguntándose cuánto había cambiado. ¿Sabría ella a dónde ir? ¿O acaso se sentiría como si nunca hubiera estado aquí antes? ¿Se perdería?

Las curvas terminaron y el autobús se dirigió a la última caseta en la distancia. La gente empezó a moverse. Algunos se pararon y empezaron a sacar sus cosas de los compartimentos arriba de ellos. Adelina se quedó en su asiento, sin moverse.

Sólo sus ojos se movieron: miraban fijamente las torres de la iglesia elevándose sobre los edificios, las calles pavimentadas, los caminos de tierra, el mercado lleno de vendedores y compradores. Miró a los conductores de taxi compitiendo por clientes, miró a un hombre vendiendo churros en la esquina, a una mujer vendiendo fruta al otro lado de la calle, a un niño boleando zapatos, a una mujer con la mano en el aire pidiendo limosna.

Tal vez el pueblo no había cambiado tanto como ella se había imaginado. Con la excepción de unos pocos edificios nuevos, unas pocas calles ahora pavimentadas, unas pocas casas ocupando lugares que antes habían estado vacíos, Adelina sintió que apenas se había marchado ayer. Sólo que ahora tenía 31 años, no catorce.

El autobús se metió en la estación y se detuvo en la línea 7.

—Bueno, finalmente hemos llegado —dijo el hombre sentado frente a ella.

Adelina suspiró.

—Espero que tenga unas buenas vacaciones —dijo el hombre al pararse y reunirse con las demás personas que lentamente iban saliendo del autobús. Adelina se obligó a ponerse de pie. Sus piernas no tenían fuerza para sostenerla. Puso su mano derecha en la cabecera del asiento frente a ella y se recargó en él. Lentamente caminó por el pasillo y salió del autobús.

Una por una la gente sacaba sus cajas, bolsas y maletas del compartimento de equipaje debajo del autobús. No había ningún maletero para ayudarles. Adelina buscó su maleta verde y la miró aplastada debajo de una bolsa grande y gorda. La bolsa parecía pesada. Miró a su alrededor, preguntándose de quién sería. Trató de moverla a un lado, pero tenía la caja de madera en una de las mano y pensó que necesitaría las dos para poder quitar la bolsa de su maleta.

—Permítame —dijo alguien detrás de ella.

Adelina volteó y vio al muchacho de los ojos tristes detrás de ella. Parecían tristes aunque estaba sonriendo. Ella sintió un dolor agudo en el estómago.

—Gracias —dijo al moverse y dejarlo que sacara la bolsa. El muchacho bajó la maleta y se la entregó a Adelina.

—De nada —dijo él. Se echó la bolsa al hombro y empezó a alejarse.

—No sabía que esa era tu bolsa —dijo Adelina apresurando el paso para alcanzarlo—. Parece pesada.

—De verdad que no está muy pesada. Está llena de peluches, por eso parece tan panzona.

Adelina rió con nerviosismo. ¿Por qué se sentía así, descontrolada?

—¿Y por qué tienes una bolsa llena de peluches? —le preguntó ella.

—Es que a mi madre le gustan mucho. Y cada vez que vengo a visitarla le traigo todos los que pueda para que le hagan compañía mientras yo no estoy.

Se dirigieron a la sala de espera. Adelina lo vio mirando a su alrededor, como si estuviera buscando a alguien.

Ella sólo lo miraba a él. Nadie la estaba esperando y aunque alguien hubiera estado esperándola, de todos modos no hubiera podido quitarle la vista al muchacho.

—¿Vives aquí? —preguntó el muchacho al parar y poner su bolsa en el piso.

Adelina negó con la cabeza.

—Vengo a visitar a mi madre, como tú.

—¿Y dónde vives? —preguntó él.

—En Los Ángeles, ¿y tú?

Adelina miró sus ojos moverse alrededor de la sala. ¡Tanta gente yendo y viniendo! Parecía ansioso de encontrar a la persona que esperaba.

—Yo vivo en el D.F. Estoy estudiando en la UNAM y cada vez que tenemos vacaciones me vengo para acá, para estar con mi mamá.

—¿Y por qué no se va tu madre a vivir contigo?

—No le gusta vivir en ciudades grandes. Además, tan pronto como termine la escuela me voy a regresar para acá para estar con ella. Mire, ahí ya viene.

Adelina volteó para mirar en la dirección que él señalaba. Sintió que el piso se hundía bajo sus pies. Sintió las manos del muchacho sostenerla para que no se cayera.

—¿Estás bien? —le preguntó él.

Adelina asintió con la cabeza y rápidamente se hizo a un lado, tratando de poner distancia entre ambos.

—¡Mamá! —dijo él, y luego corrió a abrazar a la mujer que lentamente caminaba hacia ellos, apoyándose en un bastón.

Adelina miró la cara de la mujer. Estaba marcada de arrugas. El cabello era de un gris claro, casi blanco. El cuerpo estaba jorobado, como un arco.

Pero no había ninguna duda de quién era esa mujer. Ahora Adelina sabía a quién le había recordado tanto el muchacho.

juana

—¿Estás segura que quieres hacer esto? —le preguntó Adelina a Juana.

Juana asintió con la cabeza. Adelina empezó a aplicarle sombra azul en los párpados.

Juana se miró en el espejo y vio cómo se transformaba en una extraña. Tenía puesto un vestido negro y brilloso que le quedaba tan apretado que no podía ver bien dónde terminaba su piel y dónde empezaba el vestido. Dejó de mirar la imagen en el espejo y se concentró en mirar los ojos verdes de Adelina. Se acordó del río de su pueblo, del agua de color verde oscuro. Se acordó de las muchas veces que ella y Amá habían ido a lavar la ropa y también se acordó de cuando ella y Apá habían ido a pescar.

Pensó en la milpa que se mecía en la brisa, allá en los campos y casi podía escuchar a Apá decirle cuánto elote había cosechado ese día cuando estaban parados en la cima de la colina mirando los campos.

Sí, por supuesto que estaba tomando la mejor decisión. Se lo debía a su padre, a su madre y a sí misma.

Adelina le sonrió. —Ya estás. Mira qué bella te ves.

Juana miró el espejo y no reconoció a la muchacha que la estaba mirando.

—Juana, de veras que no tienes que hacer esto —dijo Adelina al abrazarla.

—Ya pasaron casi cuatro semanas y no he averiguado nada de mi apá. Ya no me queda de otra. Esos hombres van a hablar. Me tienen que decir lo que saben de él.

Juana tragó saliva. Sintió sus ojos bañarse de lágrimas y antes de que pudiera detenerlas, las lágrimas se empezaron a deslizar por sus mejillas.

—Oye, está bien —dijo Adelina—. Todo va a salir bien.

Juana lloró con más fuerza.

—Juana, deja de llorar, te estás arruinando el maquillaje.

Juana y Adelina se miraron al espejo. Juana hizo el intento de sonreír, antes de que las lágrimas empezaran a brotar de sus ojos otra vez.

El pequeño cuarto del hotel que su primer cliente alquiló olía a humo de cigarro, sudor, agua podrida y pies apestosos. Había una cama en la esquina cubierta con un cobertor lleno de manchas oscuras. El piso de linóleo estaba lleno de hoyos y la esquina del piso estaba hinchada, como si estuviera embarazada. Las cucarachas paseaban por las paredes.

Sólo va a ser un ratito, se dijo Juana a sí misma. El hombre la empujó hacia adentro y tan pronto como se cerró la puerta, le puso un brazo en la cintura. Adelina dijo que ese hombre era uno de los coyotes más populares en el área. Él era el mejor con quien empezar, había dicho Adelina. Juana dejó que el hombre la tocara. Su boca se cerró al sentir sus labios en los suyos. La lengua del hombre le recorría los labios como un caracol. La boca del hombre olía a cerveza y a Juana le dio tanto asco el sabor del hombre que le dieron ganas de vomitar. Mantuvo los ojos cerrados fuertemente y dejó que él la siguiera besando y tocando.

El hombre era mucho mayor que ella. Probablemente tenía la misma edad que su padre. Juana miró el piso mientras él la tocaba en sus partes íntimas. Vio una cucaracha pasar por su pie, lo levantó y lo dejó caer sobre ella.

No quería que nadie fuera testigo de esta bajeza. Ni siquiera las cucarachas.

—¿Qué te dijo el coyote? —preguntó Adelina tan pronto como Juana se reunió con ella en la calle. Juana estaba tratando de tragarse las lágrimas.

—Pos dijo que hay hartos hombres que tienen los mismos rasgos que mi apá, que no podría saber si él lo ayudó o no.

Juana cruzó los brazos y tembló de frío. La noche estaba helada y hubiera querido tener un suéter con que abrigarse.

—Pero tiene que haber algo diferente de tu padre, Juana. Una cicatriz, un lunar, algo. Hasta puede ser algo que traía puesto, como una cadena. No sé. ¿No se trajo nada con él?

Juana pensó en la mañana lluviosa cuando su padre se había marchado. Se acordó que ella corrió tras de él. Se acordó que le había dado algo.

—Se trajo un rosario blanco con cuentas en forma de corazón —dijo Juana.

—Pues ya ves, Juana. Así es cómo vas a encontrar a tu padre.

adelina

Sólo estaba a unos minutos de la última parada. Mientras el taxi atravesaba el puente y se dirigía al otro lado del río, Adelina empezó a sentir algo aletear en su estómago. ¿Sería el miedo? Tenía miedo de ver a su madre. Ella sabía que no le iba a gustar lo que iba a ver. Ya no sería su madre, sino un fantasma. Su verdadera madre había muerto hacía muchos años. Sólo quedaba una concha, un cofre lleno de recuerdos y deseos.

Sabía que ya era muy tarde para salvar a su madre. Pronto moriría y, a la vez, sería lo mejor. Ya no sufriría más. Cuando Adelina le diera las cenizas de su padre y le dijera la verdad sobre su desaparición, su madre moriría en paz.

Éste sería el regalo de Adelina para su madre.

La paz.

Y la verdad.

Su padre no las había abandonado.

juana

Alguien tocó a la puerta y Juana se despertó de repente. Había estado soñando que su madre subía un látigo al aire y luego lo dejaba caer fuertemente sobre su espalda. Al caminar hacia la puerta, Juana todavía podía sentir su espalda contraerse por el dolor del látigo. Juana miró a Adelina. Todavía estaba dormida.

Antes de que Juana pudiera preguntar quién era, la puerta se abrió. Ni siquiera hizo el intento de saludar al hombre que estaba parado frente a ella. Era Gerardo, el novio de Adelina.

—Está dormida —dijo Juana—. Tal vez deberías de volver más tarde.

—Ya son las once. Ya es hora que dejen de güevonear —dijo Gerardo.

—Pos tú no eres el que se duerme a las cuatro de la mañana o más tarde.

Gerardo hizo un gesto de desdén a las palabras de Juana. Se acercó a ella y le agarró el brazo.

—Cálmate, chiquita. No hay necesidad de palabras duras.

Tú y yo nos podíamos llevar bien padre, si no fueras tan defensiva. *I wanna be your friend.* Quiero ser tu amigo —dijo Gerardo en inglés.

Juana trató de recordar las palabras en inglés que se había aprendido y replicó: —Yo no te necesito para amigo —antes de jalar su brazo y librarlo de la mano de Gerardo. Gerardo simplemente se rió de su respuesta.

Era imposible esconder lo mucho que a ella le disgustaba Gerardo. Al principio se había comportado de una manera cortés con él, pero ella no podía perdonarle la forma en que trataba a Adelina. Y lo peor de todo, que la maltratara, que la golpeara. Juana volteó a mirarlo. Él la estaba mirando de pies a cabeza. Sus ojos se entornaron, como los de un gato. A Juana le dieron ganas de darle una bofetada y quitarle esa mirada de los ojos. Le recordaba tanto a don Elías. Gerardo le sonrió, luego se dio la vuelta y se dirigió a la cama de Adelina.

—Oye, tú, despiértate mujer. Deja de ser tan floja —la sacudió a Adelina para que se despertara.

—Déjala que duerma —dijo Juana al dar un paso hacia él.

Adelina abrió los ojos y se los frotó.

—Está bien, Juana, ya me voy a levantar —dijo Adelina bostezando.

Juana movió la cabeza en desacuerdo.

—Me voy al centro —dijo al dirigirse hacia la puerta.

—Tómate todo el tiempo que quieras —dijo Gerardo.

Cada vez que Gerardo venía al apartamento, Juana se iba a caminar por el centro de Tijuana, mirando a todas esas gringas de cabello rubio, de las que la gente del pueblo hablaba tanto.

¿Cuántas veces habían acusado a Apá de haberse enamorado de una gringa y olvidarse de Juana y Amá?

Al caminar por la calle Revolución, Juana miraba a las gringas y a la gente que las acompañaba. Pero nadie se parecía a su padre. Los acompañantes de las gringas siempre eran hombres como ellas, de tez blanca y ojos azules. Apá no las había abandonado por una gringa. No podía haberlo hecho.

Caminó de calle en calle, siempre mirando los rostros de la gente. A veces se topaba con un hombre que por detrás se parecía a su padre. Caminaba como él, tenía el mismo cuerpo, la espalda inclinada hacia el piso, como si cargara algo pesado sobre ella. Juana apresuraba el paso para alcanzarlo. Pero cuando le veía la cara, movía la cabeza con tristeza y se detenía. Miraba al hombre hasta que desaparecía entre la muchedumbre.

Cuando regresó de su caminata, Juana encontró a Adelina llorando en la cama. A veces tenía un ojo morado, a veces una mejilla hinchada, un moretón en los brazos o las piernas, un rasguño o cortada en alguna parte de su cuerpo. Esta vez, Adelina se mecía en la cama, sosteniendo un pañuelo ensangrentado sobre los labios.

—¿Por qué dejas que te haga esto? —le preguntó Juana.

Adelina se acostó en la cama en posición fetal y se mordió el pulgar mientras lloraba.

—Un día cambiará —dijo Adelina—. Será como era antes, cuando nos conocimos. Yo sé que él me quiere. Sé que un día cambiará.

Juana se preguntó qué podría hacer para que Adelina aceptara lo que había hecho y regresara a su casa. Se sentó en la cama y le acarició el cabello. Deseaba poder contarle a Adelina sobre las veces que Gerardo la había molestado y había tratado de forzarla a que se acostara con él. Pero ella no la quería lastimar aún más.

Juana dijo: —Adelina, tienes unos padres que te quieren, y un hermano que te extraña. Deberías irte a casa, y olvidarte de esto —tomó la cara empapada en lágrimas de Adelina entre sus manos—. Éste no es lugar para ti.

Adelina movió la cabeza en acuerdo.

—Extraño mucho a mi hermano. Él me cuidaba cuando vivía en casa, pero cuando se fue a la universidad me sentí muy sola sin él. Fue entonces cuando conocí a Gerardo.

Juana pensó en su propio hermano. Se preguntó si alguna vez tendría la oportunidad de verlo nuevamente, de llamarlo «hermano».

—Entonces deberías de regresar, por tu hermano.

Adelina negó con la cabeza.

—No los puedo enfrentar, Juana. Ya no. Tú no sabes cuántas veces he deseado poder regresar. Pero hay cosas que no se pueden deshacer, Juana. Tomé una decisión, y ahora tengo que atenerme a las consecuencias.

Juana se acostó al lado de Adelina. Adelina puso su cabeza sobre el pecho de Juana y cerró los ojos.

—Estoy cansada, Juana —dijo Adelina.

—Duérmete amiga. Yo me quedaré contigo.

Mientras Juana abrazaba a Adelina pensó en lo que ella había dicho. *Hay cosas que no se pueden deshacer.* ¡Qué ciertas eran esas palabras! Ella no podía darle para atrás al tiempo, al día en que dejó que Anita se cayera de sus brazos mientras dormía.

Y así como Adelina, también ella tenía que vivir con esa pena. ¿Cómo podía ayudar a Adelina a perdonarse y a regresar, cuando ella misma no podía hacerlo?

Juana lo buscó por semanas. Buscó al hombre que tenía un parche azul en el ojo izquierdo. Era lo único que recordaba de él. Cuando él la recogió esa noche en su esquina, Juana le había mirado el ojo ciego. No estaba segura si debería ir con él o no.

¿Por qué le molestaba tanto ese ojo ciego?

Pero el hombre era un coyote y tal vez sabía algo sobre su padre. Juana lo tomó de la mano y dejó que la llevara al hotel más cercano. Le permitió que tomara su mano y la colocara en su área privada. Sintió sus dedos raspar la suave piel de su espalda y cuando la empezó a desvestir, Juana ya no pudo contenerse y empezó a hablar sobre su padre.

—Estoy buscando a mi apá —le dijo ella.

El coyote parecía no haberla escuchado. Deslizó las pantaletas de Juana por sus piernas y empezó a acariciarle el muslo.

—Se vino pa'cá hace tres años, pero ya no supimos nada más de él...

Juana habló más fuerte, pues el hombre se estaba desvistiendo, sordo a sus palabras. Se acostó a su lado y la tomó entre sus brazos.

—Por favor, dígame si ha visto a mi apá —suplicó Juana al mirarle el ojo ciego—. Llevaba un rosario con él, un rosario blanco de cuentas en forma de corazón.

El hombre dejó de tocarla y la miró. Juana respiró con alivio. Por fin él la había escuchado.

—¿Qué dijiste? —preguntó él.

—Dije que ando buscando a mi apá y que llevaba un rosario blanco con él.

El hombre se rascó la cabeza. ¿Por qué sentía ella que él sabía algo sobre su padre? ¿Acaso era la forma en que desviaba su mirada? ¿O la forma en que movió la cabeza al mencionar ella el rosario?

—Por favor, señor, necesito encontrar a mi apá. Me quiero ir a casa. Estoy cansada, muy cansada.

Juana se arrodilló. El hombre caminó alrededor del cuarto jalándose las greñas, como si estuviera batallando consigo mismo.

—Su nombre es Miguel García. Tiene 36 años de edad y viene de Guerrero. Él...

El hombre subió la mano en el aire, como para no dejar seguir hablando. Se vistió rápidamente sin preocuparse de abotonar su camisa o atarse los zapatos. Miró a Juana fijamente. Ella le miró el ojo ciego, tratando de encontrar la verdad en su oscuridad.

—Perdóname —dijo él.

Le puso unos billetes en la mano, se dio la vuelta y se marchó. Juana corrió por el pasillo, desnuda.

—Por favor, señor, dígame lo que sabe. ¡Dígamelo!

El hombre se detuvo a la mitad de las escaleras y volteó a mirarla.

—Yo no sé nada.

Juana lo vio marcharse, segura de que le había mentido.

Celebraron los quince años de Juana en la playa de Puerto Nuevo. Adelina dijo que allí tenían la mejor langosta de los alrededores. Juana no sabía lo que era una langosta. Adelina había dibujado una para mostrársela.

—Parece una cucharacha deforme —dijo Juana. Y las dos se rieron a carcajadas.

Adelina ordenó una langosta extra grande para que las dos la compartieran.

—Una pequeña es suficiente, Adelina. Aunque sea para probarla —dijo Juana.

—No, no, Juana. Tú eres una quinceañera hoy y debemos celebrar bien.

Adelina y Juana se hartaron de langosta y arroz y cuando no pudieron comer más, se dirigieron hacia la playa. Juana miró el agua por un largo tiempo. Nunca antes había visto el mar. Y pensó que nunca lo haría.

A su madre le gustaba mucho el mar. Amá siempre había querido ver el océano «en persona». Juana todavía se podía acordar de la vez que fueron al mercado y caminaron a una agencia de viajes. El agente estaba ocupado hablando con sus clientes. Amá dejó a Juana afuera esperando, y con indecisión entró en la pequeña oficina para mirar los pósters en las paredes. Los pósters eran de playas de arena y un agua azul que brillaba bajo el sol. Otros pósters eran de playas pintadas con el color dorado, naranja y rojo de los últimos rayos del sol. Las siluetas de las palmas enmarcaban las olas en la distancia.

En una mesa había un montón de revistas de viaje de centros turísticos en la playa. Con la boca entreabierta y sin poderle quitar la mirada a los pósters, Amá accidentalmente chocó contra la mesa y las revistas cayeron al piso como olas. El agente la miró y carraspeó. Amá se disculpó y empezó a recoger las revistas.

Cuando el agente volteó a mirar a sus clientes, Amá metió una revista en su bolsa de compras y salió corriendo de la oficina. Amá nunca había visto el océano y Juana se preguntaba si algún día Amá se encontraría en su lecho de muerte, en un pueblo que sólo estaba a tres horas del mar y que jamás había visto.

Juana recordó cómo Amá había rezado para que la perdonaran por haber robado esa revista. Pero al mismo tiempo, no podía dejar de hojear la revista con la boca abierta, y el agua brillante del mar reflejándose en sus ojos.

Pero un día lluvioso, cuando no tenían carbón y los palos que Juana había recogido afuera estaban mojados, Amá besó su revista y la quemó en el brasero. Nadie disfrutó la cena esa noche.

Juana y Adelina se sentaron en la arena y escucharon las olas chocar contra las rocas.

—Cómo quisiera que pudiéramos quedarnos aquí para siempre, Juana —dijo Adelina cerrando los ojos.

Juana no le contestó. Ella sabía que pronto tendría que marcharse. Si tan sólo pudiera llevarse a Adelina con ella.

—¿Has pedido un deseo de cumpleaños? —preguntó Adelina.

Juana asintió con la cabeza.

—He deseado algo pa' las dos.

—¿De veras?

—Sí. He deseado que muy pronto las dos volvamos a ver a nuestros hermanos.

Adelina miró el mar y sonrió.

—Ese es un buen deseo de cumpleaños, Juana. Gracias.

adelina

Adelina tenía miedo de conocer a la familia de Sebastián. Él la había invitado a su casa para celebrar los sesenta años de su mamá y aunque Adelina hubiera querido no aceptar la invitación, no lo hizo. Había regresado de Watsonville hacía dos días y no tenía ganas de ir a ninguna fiesta. Pero ese era un día especial para Sebastián y ella no se lo quería echar a perder. La abrazó tan cariñosamente cuando ella le dijo que iría con él, que Adelina sabía que no se podía echar para atrás.

Llegaron a San Bernardino al anochecer. La madre vivía en una casa blanca rodeada por una cerca blanca. Crecían rosales a lo largo de la cerca y las luces alumbraban el caminito hacia la casa. Había globos rojos, verdes y azules atados al barandal. Mientras esperaban para que abrieran la puerta, Adelina respiró el olor dulce de la enredadera de jazmín en el porche y luchó contra los recuerdos que ese olor le evocaba.

La puerta se abrió.

—¡Sebastián! —dijo una muchacha alta con ojos verdes que

brillaron al mirarlo. Al abrazar a la chica, Sebastián no dejó de sujetar la mano de Adelina. Era como si él tuviera miedo de que ella saliera huyendo de allí. Y tenía razón. Adelina tenía ganas de echarse a correr.

—Jennifer, te presento a Adelina. Adelina, esta es mi hermana, Jennifer. Vino desde Berkeley por el fin de semana.

Adelina estrechó la mano de Jennifer.

—Es un placer conocerte.

—Estoy feliz de conocerte —dijo Jennifer al besar la mejilla de Adelina—. Entren, entren.

La casa estaba llena de gente que hablaba. Sus palabras y risas flotaban en el cuarto sobre la música.

—¡Sebastián!

—¡Mamá!

Adelina volteó y vio a una mujer pequeña de pelo gris aproximándose hacia ellos, seguida por cuatro mujeres un poco más jóvenes que ella.

Sebastián corrió a su lado, llevándose a Adelina con él. Abrazó a su madre con ternura.

—Te deseo un maravilloso y feliz cumpleaños.

Al presentarle a Adelina, su madre dijo:

—Me da mucho gusto conocer a la mujer que le ha traído tanta felicidad a mi hijo.

—Y ellas son mis tías: Carla, Norma, Leticia y Adriana —dijo Sebastián.

—Mucho gusto —dijo Adelina al saludarlas.

—Sebastián, ¿cómo estás?

—Es mi primo Alfred —le dijo Sebastián a Adelina al saludar a su primo con un fuerte abrazo.

Adelina sonrió, pero sintió que el cuarto estaba dando vueltas. Más y más gente se acercó para saludarlos.

Finalmente, Sebastián la guió hacia una silla vacía en la sala.

—Deja que te traiga algo de tomar —dijo él. Adelina asintió con la cabeza, agradecida por la oportunidad de relajarse un poco.

No tardó mucho para que la mamá de Sebastián llegara a buscarla y se la llevara a la cocina, donde ella y las cuatro hermanas estaban preparando tamales.

Estaban todas de pie alrededor de una olla llena de masa. A los lados de la olla había dos platos, uno lleno de salsa verde y otro de chile guajillo. Un plato contenía carne de pollo y otro carne de puerco. Hablaban sobre sus esposos, hijos, y sobrinos mientras hacían los tamales. A fulano de tal se le había caído su primer diente, o necesitaba lentes, o había sido aceptado a la universidad.

Adelina recogió una hoja de maíz y la llenó de masa. Luego le puso pollo y le vació unas cucharadas de salsa antes de enrollarla y ponerla dentro de la olla. Hacía lo que miraba a las otras mujeres hacer, ya que nunca en su vida había preparado tamales.

—¿Y a qué te dedicas, Adelina? —preguntó una de las tías.

—Soy trabajadora social. Trabajo en un refugio para mujeres en el centro de Los Ángeles.

—¿A poco? Entonces tú y Sebastián tienen mucho en común. A él también le gusta ayudar a los demás.

—Y tus padres, ¿ellos también viven en Los Ángeles? —preguntó otra tía.

—No —dijo Adelina.

Susana se dio cuenta de que las preguntas estaban incomodando a Adelina y dijo: —Vamos, vamos mujeres. Estos son los últimos tamales para cocer. Los demás ya están cocidos.

Fue al lado de Adelina y dijo: —Vamos mija, salgamos de la cocina y dejemos que ellas limpien este cochinero.

—Oye, ¿a dónde van? —preguntó Norma.

—Yo soy la cumpleañera —dijo Susana—, y Adelina es mi invitada. Yo creo que tengo derecho de ir a platicar con mis invitados, ¿no creen? Ustedes cuatro brujas, limpien mi cocina, ¿me oyeron?

Adelina siguió a Susana hacia la sala donde Sebastián estaba platicando con su padre y su hermano. Él le hizo señas para que se acercara y ella corrió a su lado a refugiarse entre sus brazos.

Camino al baño, Adelina se detuvo a mirar las fotografías que colgaban en las paredes del pasillo. Retratos de varios tamaños guardaban imágenes de la familia de Sebastián. Había una foto de un niño mostrando una sonrisa chimuela. Ella inmediatamente reconoció a Sebastián. En otra foto había una versión joven de Susana, donde estaba abrazada por su esposo. Adelina miró por un buen rato un retrato familiar: Susana sosteniendo a una bebé en sus brazos, su esposo sentado al lado de ella. De pie a cada lado estaban Sebastián cuando era adolescente y Jorge, todavía un niño.

Adelina sintió un poco de celos. ¿Qué no daría por tener un retrato de su familia?

Estaba feliz de que Sebastián tuviera su familia. Él merecía ser feliz. Después de su viaje reciente a Watsonville, Adelina se dio cuenta de que la felicidad era algo que ella no le podía dar. Por lo menos no hasta que encontrara a su padre.

—Aquí estás —dijo Sebastián—. Vamos a partir el pastel, Adelina. Ven, vamos a cantar las mañanitas.

Colocó su brazo sobre la cintura de Adelina y la guió hacia el patio.

De regreso a casa, Adelina se puso a pensar en el viaje que había hecho a Watsonville. Sebastián la sostenía de la mano mientras manejaba, como si estuviera tratando de darle ánimos, de asegurarle que todo iba a salir bien. De vez en cuando la miraba de reojo, presintiendo que algo le pasaba. Adelina hubiera querido contarle sobre el hombre que ella había esperado que fuese su padre. Deseaba contarle sobre el viaje a Watsonville y de cómo había llorado por Miguel García y por sí misma. Ninguno de los dos había encontrado lo que buscaba.

«Prométeme que lo intentarás, Adelina», le había dicho don Ernesto.

Adelina miró por la ventana del coche. Miguel García se había dado la oportunidad de ser feliz con Gloria. Pero Adelina no podía hacer lo mismo.

Abrió la boca para hablar y rompió la promesa que le había hecho a don Ernesto.

juana

Adelina no estaba en casa cuando Gerardo llegó. Había sido contratada para toda la noche por uno de sus clientes asiduos. A Juana no le gustaba que Adelina se pasara la noche en otro lado. No quería correr el riesgo de estar a solas con Gerardo.

Efectivamente, en la madrugada, a Juana la venció el sueño. Despertó de repente y encontró a Gerardo sentado en su cama, tocándole los pechos. Se sentó y lo empujó de su lado.

—¡Aléjate de mí!

—Vamos, nena, no hay necesidad de ponerte desagradable. Eres una puta, ¿qué no? Te gusta que te cojan. Dime, ¿cómo te gusta? ¿Así? —Gerardo le mordió los labios y enredó su cabello entre sus dedos.

Juana gritó y lo empujó.

—¡Déjame en paz!

—No, chiquita, he estado esperando mucho tiempo por este momento. Estás loca si crees que te voy a soltar ahora.

Se puso de pie y se bajó los pantalones. Juana se levantó de la cama de un salto, intentando escapar del cuarto, pero Gerardo la sostuvo con sus brazos. Juana le mordió un brazo lo más fuerte que pudo, el sabor agrio de la sangre de Gerardo le revolvió el estómago. Pateó y gritó, pidiendo auxilio, aunque sabía que ninguna de las otras muchachas que vivían en el edificio vendría a ayudarla.

—¡Puta! —gritó Gerardo, luego la echó sobre la cama y se sacó una navaja del bolsillo. Juana sintió la navaja contra su cuello. Sintió cuando Gerardo le arrancó las pantaletas. Gerardo la sujetó contra la cama, su espalda hacia él. La detuvo por las muñecas con una mano, y con la otra empujó la cabeza de Juana en la almohada. Luego, Juana se estremeció de dolor cuando él la penetró.

Juana deseaba que la navaja la cortara. Sentía el dolor llegarle a las entrañas. Quería morirse, pero muy adentro, sabía que tenía que sobrevivir. Obligó a su mente a no sentir. Dejó que su cuerpo reposara en la cama como si estuviera muerta y trató de no pensar en el dolor. Cerró los ojos y a través de la vergüenza, la impotencia y la desesperación que sentía en ese momento de humillación, recordó su hogar, la roca, los campos, el río y el cielo azul su alrededor.

Cuando Gerardo acabó, la empujó a un lado. Se puso de pie frente a ella y se limpió el sudor de la frente antes de echarse a reír. Juana se levantó, sintiendo el semen deslizándose por sus piernas. Juntó la saliva dentro su boca y le escupió en la cara.

Juana estaba empacando su ropa cuando Adelina llegó. Adelina se asustó al ver en el estado en que estaba Juana: los labios hinchados y un ojo amoratado.

—¿Quién te hizo eso? —preguntó Adelina.

Juana se quedó callada.

—Juana, contéstame, ¿quién te hizo eso? ¿Fue un cliente? —Adelina se sentó en la silla y miró a Juana.

—Gerardo —dijo Juana.

Adelina se levantó de repente, su cabeza negando las palabras que Juana había dicho.

—No, Juana, él no pudo…

—Me voy de aquí, Adelina.

—No lo quiso hacer, Juana. De seguro que estaba enojado porque no me encontró.

—¿Qué estás diciendo? —preguntó Juana—. ¿Qué lo debo disculpar?

—Yo sé que Gerardo tiene mal humor y que yo lo hago enojar todo el tiempo. Estoy segura que no fue su intención golpearte.

Juana guardó silencio por un momento, preguntándose si debería o no decirle a Adelina la verdad. Prefirió decírselo:

—Ven conmigo, Adelina. Tenemos que irnos de aquí. Vámonos y dejemos todo esto atrás.

Adelina negó con la cabeza.

—No, Juana, no puedo irme. No puedo.

—¿Pero por qué no?

—Yo, yo lo amo.

Juana levantó un puño en el aire.

—Pero Adelina…

—Yo sé. Piensas que soy una estúpida, ¿verdad? Pero así es, Juana. No lo puedo dejar.

Juana se puso de pie. Se quitó la playera y le mostró su espalda a Adelina. Escuchó a Adelina gritar sorprendida.

—¡Juana!

—Esas son las mordidas de Gerardo —dijo Juana.

—¿Pero por qué haría eso? —preguntó Adelina.

—Me violó, ¿no entiendes? ¡Ese hijo de la chingada me violó!

El silenció se suspendió en el aire. Adelina se acostó en la cama y apretó la almohada fuertemente contra su pecho. Juana siguió empacando sus cosas dentro de una mochila. No se arrepentía de haberle dicho a Adelina lo que Gerardo le había hecho, pero al mismo tiempo se odiaba por haber lastimado a su amiga de esa manera.

Un rato después, Adelina finalmente se levantó y se dirigió a su cajonero. Sacó un papel del cajón. Juana podía verla de reojo. Sabía exactamente qué era ese papel. Era el acta de nacimiento de Adelina. Con esa acta de los Estados Unidos, Adelina podía cruzar la frontera sin problema alguno.

—¿Y qué pasó con el ciego? —preguntó Adelina, rompiendo el silencio.

—Ya van hartas veces que lo buscamos. Hartas semanas buscándolo por todas partes. ¿Y pa' qué? Pa'mí es como que se lo tragó la tierra. Y pos ya me cansé de esperar —dijo Juana—. Yo no puedo seguir perdiendo mi tiempo buscándolo. El hombre se anda escondiendo de mí. Yo tengo que irme pa' El Otro Lado y buscar a mi apá allá.

Adelina asintió con la cabeza. Despegó una de las fotos que tenía pegadas en el espejo y la miró por mucho tiempo. Era la única foto que tenía de su familia. Juana la observó acariciar el rostro de sus padres con la punta del dedo. Adelina respiró profundamente y dijo: —Está bien, Juana. Me voy contigo.

—¿De veras, Adelina? —Juana fue a su lado.

—Sí, Juana. Creo que tienes razón. Tal vez este no es un lugar para mí. Tal vez todavía tenga una oportunidad.

Juana miró la imagen de las dos en el espejo y sonrió.

Sólo había dos mujeres en el grupo que el coyote vendría a recoger, Juana y una mujer pequeña de piel morena, que parecía andar en los treinta. El resto eran hombres. Cuatro hombres con venas gruesas en los brazos, callos en las manos y líneas de determinación escarbadas en sus frentes. Juana miró su imagen reflejada en el vidrio de las puertas del hotel. Miró sus brazos delgados y sus piernas pequeñas. Hubiera querido ser más grande y fuerte.

Un anciano estaba sentado detrás del mostrador. De vez en cuando miraba el reloj con ansiedad. Era el recepcionista del hotel y el asistente del coyote. Más temprano, les había dado a todos los del grupo botellas de agua, naranjas, pan, queso seco, una lata de jalapeños, un frasco de mayonesa y un rollo de papel higiénico para la jornada a través de la frontera. El reloj señalaba que eran las doce y quince. Quince minutos más de espera.

Juana notó que todos estaban ansiosos. Los cuatro hombres y la mujer miraban alrededor del lobby, tratando de evadir la mirada de los demás. Miraban el piso, el techo, sus manos. Sostenían las correas de sus mochilas con tanta fuerza que sus nudillos estaban pálidos. Era un gran alivio para Juana saber que ella no era la única del grupo que estaba nerviosa o la única que tenía miedo. Ella también tenía miedo de morir intentando cruzar la frontera. Esa era una de las muchas cosas que ella y

Adelina habían aprendido de los coyotes con los que se acostaban. Uno nunca sabía si viviría para ver El Otro Lado.

Tenía miedo, no por el miedo de morir, sino porque si moría, jamás volvería a ver a su padre.

Juana notó que la mujer sostenía un rosario en las manos. Apenas se podía distinguir, pues las cuentas del rosario eran casi del mismo color café que su piel. Juana podía ver la cruz de metal y podía ver los labios de la mujer moverse en un rezo silencioso.

Juana deseaba tener el valor suficiente para rezar.

La puerta se abrió de pronto y todos saltaron del susto. Por su cuenta, Juana había estado perdida en sus pensamientos, y al mirar al hombre de pie en la puerta mirándolos tan fríamente, Juana no pudo contener el susto. ¿Sería un judicial?

—Todos están listos —dijo el asistente del coyote.

El hombre vestido con pantalones de mezclilla y una camisa verde oscura asintió con la cabeza y miró a todos en el grupo.

—¿Dónde está Octavio? —preguntó Juana. Este no era el coyote a quien ella y Adelina habían contratado para que la llevara a el Otro Lado. En cuanto cruzara, llamaría a Adelina para encontrarse con ella en Chula Vista.

—Está enfermo —dijo el coyote. Volteó a ver a su asistente y preguntó—: ¿Ya llenaste sus mochilas?

El asistente asintió con la cabeza.

—Bueno, pues escuchen todos. Yo me llamo Antonio. Esto es lo que vamos a hacer. Yo voy a salir por esta puerta y ustedes me van a seguir. Pero no caminen juntos. Tal vez solos o en pares, y no se me acerquen mucho. Iremos a la parada del autobús a unas cuadras de aquí y tomaremos el autobús que nos llevará a la terminal. ¿Entendieron?

Todos asintieron con la cabeza.

—Bueno, pues órale. ¿Qué esperan? Vámonos.

Juana se quedó en donde estaba, insegura de si debería seguirlo o no. Ella confiaba en Octavio. Él era un cliente asiduo y sabía que era un hombre honesto y bondadoso, cualidades que no todos los coyotes tenían. Pero ella no sabía casi nada de este coyote. Recordaba haberlo visto antes con Verónica. Pero nunca había tenido nada que ver con él.

—Bueno, ¿vas a venir o no? —preguntó el coyote mientras sostenía la puerta abierta para ella.

Sin pensarlo más, Juana se dirigió hacia la puerta.

El autobús dejó el grupo de Juana en medio de una tierra desértica. Había un cerco de alambre al otro lado de la carretera. Juana no pudo ver nada más que cactus y matorrales por muchas millas a la redonda.

—Bueno, pues aquí es donde empezamos —dijo el coyote al cruzar la carretera. Uno por uno se metieron por un hoyo en el cerco. Cuando todos estaban del otro lado del cerco, el coyote dijo:

—Si alguno de ustedes, en cualquier momento, siente que ya no puede más, dígamelo —el coyote volteó a ver a Juana y a la otra mujer—. Díganmelo y yo los dejaré en algún lugar donde la migra los encuentre y los regrese.

Juana miró las caras de los cuatro hombres y luego miró a la mujer. La mujer besó el rosario que tenía en la mano y le sonrió a Juana.

—La virgencita nos va a ayudar, ya verás —dijo ella.

Juana no dijo nada.

—Usted debe mantener el paso con nosotros, señora —le dijo el coyote a la mujer—. No se me vaya a quedar atrás. Y tú —le dijo a Juana—, deberás de hacer lo mismo.

El coyote se dio la vuelta y el grupo lo siguió en silencio. El sol brillaba detrás de ellos. Juana pisaba su sombra con cada paso que daba hacia El Otro Lado.

Juana sintió como si hubieran estado caminando en círculos. Podía ver el mismo cacto y las mismas yierbas rasguñándole las piernas al abrirse paso entre ellas. ¿Por cuánto tiempo habían caminado? Había bolsas de sándwich vacías, latas de jalapeños, pedazos de papel, bolsas de papitas, latas de refresco y botellas de agua vacías al lado de los matorrales y las rocas. Eran las únicas señales de que otra gente había caminado sobre el mismo suelo donde ellos ahora caminaban.

Por aquí y por acá Juana veía artículos de ropa colgando de los arbustos y suavemente meciéndose en el viento, como si alguién hubiera lavado la ropa en el río y después la hubiera colgado para secarla. Juana se preguntó por qué alguien abandonaría su ropa, así nada más. ¿Acaso no la necesitarían allá en El Otro Lado? ¿O estarían esas personas dejando su vieja vida atrás como culebras que se deshacen de su piel vieja para empezar una vida nueva?

Juana alzó la mano y la usó como un visor para proteger sus ojos del brillo del sol. Enfrente de ella, el coyote y los cuatro hombres caminaban con pasos rápidos y seguros, como si fueran inmunes al calor del sol o a los retortijones que el hambre creaba en sus estómagos. Juana necesitaba hacer un gran esfuerzo para que sus piernas se movieran. Volteó para mirar hacia atrás. La mujer se había quedado atrás. Le costaba tanto mover los pies, que parecía como si estuviera jalando cadenas pesadas atadas a sus tobillos. Su cuerpo se inclinaba hacia el suelo, y a Juana le daba miedo que en un momento u otro la mujer se cayera, así de repente, como un árbol podrido.

—Apúrese señora —dijo Juana en voz baja. Movió su mano en el aire, haciéndole indicaciones a la señora para que se apresurara.

El coyote dejó de caminar y dijo que era hora de comer.

—Pero apúrense —dijo—. Debemos seguir lo más pronto que se pueda.

Juana se sentó en una piedra grande y volteó a mirar a la mujer. Todavía la pobre estaba caminando, tratando de llegar hacia ellos. Cuando finalmente llegó, los hombres ya estaban comiendo sus panes con queso. Juana estaba tomando agua, aunque estaba tibia y no le quitaba la sed.

—Señora —dijo el coyote—, tal vez sería mejor que se quedara aquí a esperar que pase la migra. Nos está poniendo a todos en peligro de ser capturados.

La mujer movió la cabeza en desacuerdo.

—No, señor, por favor no me deje aquí. Lo puedo lograr. Despacio, pero lo puedo lograr.

El coyote negó con la cabeza.

—Yo la verdad pienso que no lo va a hacer. No tiene la fuerza física para hacerlo.

La mujer se sentó al lado de Juana y sacó una naranja de su mochila. Miró a Juana tímidamente y sonrió.

—Yo soy Lourdes —dijo ella—. ¿Y tú cómo te llamas?

—Juana.

—Tengo que pasar pa' el Otro Lado —le dijo ella a Juana. Mis hijos me necesitan. Tengo que regresar con ellos.

—¿La deportaron? —preguntó Juana.

—Sí. Empecé a trabajar en un restaurante, limpiando y lavando platos. Una semana después, el día en que me iban a pagar, llegué a trabajar y la migra llegó y se llevó a muchos de nosotros. Era demasiado tarde cuando nos enteramos de que el patrón nos echó la migra para no pagarnos.

—Lo siento —dijo Juana.

—Necesito regresar con mis hijos —dijo Lourdes, los ojos llenos de lágrimas—. Los extraño mucho.

—Bueno, si alguien quiere usar el baño, háganlo ahora que ya es tiempo de seguir —dijo el coyote.

Los hombres se dirigieron hacia un montón de piedras. Juana y Lourdes se dirigieron en dirección opuesta hacia unos matorrales. Juana se llevó su rollo de papel higiénico. Mientras hacía sus necesidades miró todo lo que la rodeaba, alerta a los peligros a su alrededor, como culebras, coyotes o tarántulas. El viento soplaba suavemente y apenas podía distinguir un olor conocido, como la pestilencia de un animal muerto. De repente, Lourdes empezó a gritar. Juana rápidamente se subió los pantalones y echó a correr. Lourdes estaba pegada al piso, gritando y apuntado a algo entre los arbustos.

—¿Qué pasa? ¿Qué pasa? —preguntaron los hombres.

—Cállate mujer —dijo el coyote—, ¡la migra nos puede oír!

Juana abrazó a Lourdes y trató de calmarla. Un hombre muerto estaba en el suelo, a sólo unos metros de ellos.

Juana podía ver su piel pálida y un chichón grande en la frente. Sus ojos estaban cerrados, su cara relajada como si estuviera durmiendo profundamente. A Juana le dieron ganas de correr a espantar las moscas que volaban sobre el cuerpo.

—Pobre bato —dijo el coyote—. De seguro ni vio de dónde vino el golpe.

—¿Quién crees que lo mató? —preguntó uno de los hombres.

—Su coyote, de seguro —dijo el coyote. Se rió al ver la mirada espantada de los hombres, una mirada llena de miedo—. Pues hay unos coyotes que hacen eso. Pero esos cuates ni son coyotes de verdad. Sólo engañan a la gente. Se los traen aquí y los matan para robarles su dinero. Pero confíen en mí. Yo no les voy a hacer nada.

Cuando emprendieron camino, Juana deliberadamente caminó detrás del grupo. De ninguna manera iba a arriesgarse.

Cuando el coyote anunció que era hora de continuar, les dijo a Juana y a Lourdes que ellas irían primero, solas.

—¿Pero por qué? —preguntó Juana—. Necesitamos quedarnos con usted. Usted es el que sabe a dónde nos estamos dirigiendo.

El coyote señaló la antena en la distancia.

—Allá es adónde nos vamos a dirigir. Traten de esconderse entre los matorrales y manténganse fuera de la vista. Las alcanzaremos pronto.

—Pero...

—Mira, Juana, así es como se va a hacer. Ustedes dos nos están haciendo ir demasiado lento. Así que las voy a dejar que se adelanten. Los hombres y yo descansaremos un poco más, y tú y la señora deben empezar a caminar. O si no, se pueden quedar aquí para que la migra las encuentre.

Juana miró a Lourdes.

—Vamos —dijo Lourdes—. Vamos a mostrarles de lo que somos capaces.

Juana se puso de pie, se echó su mochila a la espalda y empezó a caminar. Ella sabía muy bien lo que planeaba el coyote. Las estaba mandando como cebo para la migra. Sabía que si ella y Lourdes eran atrapadas, el coyote y los cuatro hombres tendrían la oportunidad de huir.

El sol se puso, y ahora la oscuridad estaba cayendo sobre ellos. Pero aun así, Juana podía distinguir cinco hombres que caminaban hacia ellas.

—¿De veras crees que son ellos? —preguntó Lourdes.

Juana asintió con la cabeza.

—Debemos darle gracias a la Virgen de Guadalupe por su ayuda —dijo Lourdes al persignarse. Juana se puso de pie y salió de su escondite entre los matorrales para ir a recibir a los hombres.

—Qué bueno que llegaron aquí sin problema —le dijo el coyote a Juana.

Ella podía ver lo sorprendido que estaba. ¿Acaso estaba decepcionado?

—Bueno, vamos a sentarnos a descansar —dijo el coyote. Juana suspiró con alivio, contenta de que el coyote no hubiera dicho que seguirían caminando, ya que ella y Lourdes apenas habían llegado a ese sitio diez minutos antes. Estaban cansadas. Habían tenido que caminar a prisa para que los hombres no las alcanzaran. Hubo muchas ocasiones en que Juana sintió que no lo iban a lograr.

—¿Como cuánto más falta? —preguntó uno de los hombres.

—No llegaremos hasta mañana, Pancho —dijo el coyote—. Nos estamos moviendo muy despacio.

La luna era como un peso brillante cortado por la mitad. Más adelante, en una colina, Juana pudo ver pequeñas luces rojas brillando en la oscuridad. Eran como ojos diabólicos que la miraban. La piel se le erizó.

—¿Qué es eso? —le preguntó al coyote.

—Antenas.

Desde que dejó su pueblo, Juana no había caminado tanto. Seguía mirando los ojos diabólicos de las antenas. Escuchó un ruido como un gruñido y por un momento pensó que era su estómago. Pero de repente el coyote dejó de caminar y les dijo a todos que se detuvieran para escuchar. Juana dejó de respirar.

El sonido se acercaba.

—Un helicóptero —dijo el coyote—. Rápido, ¡escóndanse!

Todos lo siguieron, saltando sobre piedras y matorrales. Una rama seca jaló el brazo de Juana y le rompió el suéter.

—Apúrense, ¡apúrense!

Juana siguió corriendo.

—¡Juana!

Ella volteó y vio a Lourdes tirada en el suelo. Corrió a ayudarla, pero cuando buscaron a los hombres se los había tragado la oscuridad. Pudieron ver al helicóptero y el ruido de las hélices cortando el silencio. Una luz brillaba desde el helicóptero, buscándolos.

—¿Dónde están? ¿Dónde están? —preguntó Lourdes.

—¡Vamos! —dijo Juana jalándole el brazo. Corrieron y corrieron, alejándose lo más que pudieron del helicóptero.

—¡Apúrese! —gritó Juana.

No había en donde esconderse. Juana y Lourdes corrieron a ciegas por los arbustos y sus ramas las atrapaban, como deseando hacerlas prisioneras. Una rama le arañó la cara a Juana, pero ella siguió corriendo, ignorando el dolor.

—Oye. Aquí. Vénganse aquí.

Siguieron el pañuelo blanco que apenas se distinguía en la oscuridad. Juana vio que unos arbustos habían formado un tipo de cueva. A gatas, ella y Lourdes se metieron adentro.

—Guarden silencio —susurró el hombre que les había hecho señales con el pañuelo. Juana no podía ver nada, y no logró reconocer la voz del hombre. ¿Sería Julio? ¿Pancho? ¿El coyote? La oscuridad le lastimaba los ojos. Los cerró y dejó de respirar por un momento. El helicóptero volaba sobre ellos, rayos de luz se colaban por las ramas de los arbustos.

Juana sintió la mano de Lourdes apretarle el brazo fuertemente.

—Por favor, Virgencita —dijo Lourdes—, sálvanos, no permitas que nos encuentren.

—Cálmese, señora —susurró Juana. Pero Lourdes siguió con sus rezos, apretando el brazo de Juana aún más.

Un rayo de luz cayó sobre la cara del hombre y Juana inmediatamente lo reconoció. Era Julio. Cuando la cueva se oscureció nuevamente, Juana ya no pudo ver su rostro, pero todavía podía ver sus ojos en su mente, ojos grandes y llenos de pavor.

• • •

Caminaron a lo largo de un camino de tierra. De vez en cuando Juana podía ver el camino a través de los matorrales. El coyote dijo que no era seguro caminar en la vereda, así que tenían que abrirse paso por entre los matorrales, tratando de mantenerse agachados. Las piernas le dolían y sentía los ojos pesados, llenos de sueño. Lo que la mantenía despierta era el aire helado y el miedo enterrado en su estómago como una navaja.

—Escuchen, ahí viene la migra —dijo el coyote—. Échense al suelo, ¡rápido!

Se tiraron al piso rápidamente y se escondieron entre los matorrales. Un motor ronroneó más fuerte. Muy pronto, una camioneta blanca pasó sobre el camino de tierra.

Por favor, no se detengan aquí. No se queden aquí, pensó Juana.

La camioneta paró más adelante del camino, no muy lejos de donde ellos estaban escondidos. Juana se llenó de consternación al darse cuenta de que la camioneta no se iba a mover de allí.

—¡Carajo. Llegamos demasiado tarde —dijo el coyote.

—¿Para qué? —preguntó Eugenio.

—Para el cambio de turno. Siempre hay un intervalo entre los cambios de turnos, cuando no hay nadie aquí vigilando. Pero llegamos muy tarde, y no podemos quedarnos aquí por horas a esperar al siguiente turno.

—Y somos muchos. Nos verán de seguro —dijo Pancho.

El coyote se quedó callado por un momento, y luego dijo: —Escuchen. Nos vamos a separar en dos grupos. Roberto, Eugenio, y Pancho se vienen conmigo. Y ustedes dos mujeres se van con Julio.

—Pero...

—Escucha, Julio. Ustedes siete no pueden intentar pasar por la migra juntos. Nos agarrarían de seguro. Es mejor separarnos. Nosotros cuatro y ustedes tres. Ahora, ¿ves la colina allá?

Juana volteó a ver la silueta de la colina que se elevaba al otro lado de la migra.

—Sí, la veo —dijo Julio.

—Bueno, pues allá nos vamos a encontrar. Tú, llévate tu grupo siguiendo el camino y trata de pasar. Yo me llevaré mi grupo alrededor de esta colina aquí.

—Pero señor, yo me quiero quedar con usted —dijo Lourdes—. Yo necesito pasarme al otro lado. Necesito regresar a Los Ángeles.

—Señora, hay mucha piedra suelta en esta colina y no quiero que se vaya a resbalar. Usted siga el camino y échele un ojo a la migra. Nos reuniremos en el otro lado.

Pancho, Roberto, Eugenio y el coyote desaparecieron entre la maleza. El grupo de Juana se quedó parado en la oscuridad. Los tres miraron el camino, donde unos metros más allá, la migra esperaba.

Se turnaron para moverse. Julio dijo que así sería mejor, porque si todos se movían al mismo tiempo, harían mucho ruido. Lourdes fue primero. Se movió en silencio entre les arbustos, caminando de puntitas y dando pasos pequeños. Cuando llegó a una piedra grande se agachó y se escondió detrás para esperar. Juana la siguió después. Por primera vez, Juana se alegró de ser delgada y pequeña, pues no hizo nada de ruido cuando caminó hacia la piedra donde esperaba Lourdes. Ella también se agachó y se escondió. Julio fue el último. Era grande y un poco torpe, pero logró recorrer el corto tramo sin hacer mucho ruido.

Se movieron poco a poco, recorriendo unos pocos metros a gatas, escondiéndose detrás de las piedras y los arbustos. Cuando finalmente llegaron a donde la migra estaba estacionada, se movieron aún más lentamente, pues el más mínimo ruido los podía delatar. Juana dejaba de respirar cuando se movía, pues tenía miedo que su respiración la delatara a la migra. Cuando fue el turno de Lourdes, se tropezó con una piedra y se agarró de las ramas de un arbusto para recuperar el equilibrio, pero las ramas se quebraron y cayó al piso.

El ruido resonó contra el silencio. Todos dejaron de respirar y esperaron. Juana podía oír a los dos oficiales de inmigración hablando, pero no podía oír claramente lo que decían. Uno de ellos tiró su cigarrillo al piso y lo pisó con el tacón de su bota. Luego, los dos se dirigieron al lugar en donde se escuchó el ruido.

Juana escuchó que se acercaban los pasos. Los escuchó caminar hacia ella por entre las ramas y Lourdes no se movió. Se quedó sentada en el suelo, mordiéndose la mano para no gritar.

De repente algo salió corriendo cerca de donde estaba Julio.

—¡Huy! —gritó un oficial, sorprendido.

Un animal saltó sobre la piedra y echó a correr hacia la oscuridad.

—Sólo es un zorro —dijo uno de los oficiales.

Se alejaron del sitio, dirigiéndose a su vehículo.

• • •

—¿Pueden ver eso allá? —preguntó el coyote—. Es una carretera americana, ya casi llegamos.

¡El Otro Lado! Juana respiró con alivio. Se sentaron encima de la colina, descansando después de la larga caminata. Ya casi estaba ahí. Pronto, ella y Adelina estarían juntas.

—Ahora, lo que van a hacer es correr —dijo el coyote—. Corran lo más rápido que puedan. Van a llegar a un cerco. Tiene tres alambres de metal a lo largo. No deben tocarlos. Tienen sensores. Si tocan los alambres transmitirán el movimiento a la migra, y vendrán a investigar. Anden, échense a correr.

Juana no necesitó que se lo dijeran dos veces. Se echó a correr. Corrió y corrió lo más rápido que pudo, tratando de seguir el paso de los otros hombres, más veloces que ella. Los costados le empezaron a arder, los pulmones necesitaban aire, pero aun así no paró hasta que llegó al cerco. Siguió a los hombres y se metió por entre los alambres y pasó al otro lado.

—Bienvenidos a los Estados Unidos —dijo el coyote.

Juana respiró profundamente, inhalando aire americano.

Caminaron bajo hileras de cables suspendidos por unas torres altas. El coyote dijo que se tenían que guiar por las torres, que emitían un zumbido tan fuerte, como si miles de abejas estuvieran volando.

Caminaron en una sola fila. Juana se preguntó si su padre habría pasado por allí. En un punto, el camino los llevó bajo una torre. Al caminar dentro del esqueleto de metal, Juana sintió que en cualquier momento la torre se podía venir abajo, cayendo sobre ellos. La tierra retumbaba bajo sus pies. Casi podía sentir la energía siendo transportada por los cables. El zumbido era fuerte y vibraba dentro de su cráneo. Trató de apresurar el paso.

Finalmente llegaron a la última torre. Frente a ellos estaba lo que parecía ser un río que se había secado.

—Pisen las rocas. No pisen la arena —dijo el coyote—. La migra puede seguir sus huellas.

—Bueno, pues, ya llegamos —dijo el coyote. Juana miró a su alrededor. No estaba segura de lo que quería decir el coyote. A su alrededor había piedras gigantes elevándose sobre ellos. Le recordaban a Juana un cuento que doña Martina le había contado, de unas piedras gigantes que chiflaban. El coyote apuntó a las grietas en las piedras y dijo que ahí era donde dormirían.

—Pero debíamos haber llegado aquí a las tres —dijo él.

Ya eran las siete de la mañana. El sol ya estaba en el cielo brillando sobre ellos. Se metieron en las grietas. Tuvieron que hacerlo a gatas y después acostarse, pues las grietas eran muy pequeñas para que pudieran sentarse. A Juana no le importó. Cuando ya estaban todos dentro, el coyote les dio queso y pan. Juana comió rápidamente. Descansó la cabeza sobre su brazo y cerró los ojos para dormir.

A las tres de la tarde el grupo empezó a caminar nuevamente. Después de una hora, llegaron finalmente a una carretera no pavimentada.

—Necesitamos cruzar para el otro lado de la carretera —dijo el coyote—. Alguien nos está esperando allí con un carro.

Pero allí está la pinche migra otra vez. Es demasiado peligroso tratar de cruzar la calle corriendo. Nos pueden ver. Debemos seguir caminando.

Caminaron por otra media hora hasta que llegaron a un túnel. El túnel era oscuro y estaba mojado, olía a agua podrida y a animales muertos. Tuvieron que atravesar el túnel a gatas. Los bordes de metal se encajaban en las rodillas de Juana. Después de unos minutos, ya tenía las rodillas hinchadas y adoloridas. Estaba tan oscuro adentro del túnel, que Juana sintió como si tuviera los ojos completamente cerrados. Parpadeó unas veces, pero no encontró alivio a la falta de luz.

No estaba segura de dónde estaban los demás. Habían empezado juntos, el coyote en frente, Pancho y Roberto detrás de él. Ya no los podía oír. Pero atrás venían Julio, Eugenio y Lourdes, gimiendo de dolor.

Cuando finalmente llegó al otro lado, Juana se tuvo que acostumbrar a la luz. Mantuvo los ojos cerrados por unos cuantos segundos hasta que le dejaron de doler. Cuando los abrió vio a Roberto, a Pancho y al coyote sentados en el suelo, mirándola. Tres gringos vestidos con uniformes verdes estaban de pie detrás de ellos.

—¿Cuántos más hay? —preguntó uno de los oficiales al coyote.

—Tres —dijo el coyote.

Juana giró y trató de regresar por el túnel. Tenía que huir de ellos. Había llegado tan lejos ya. Alguien la agarró por los pies y ella pateó lo más fuerte que pudo. Enterró sus uñas en el metal y lo arañó, tratando de sostenerse.

adelina

Cuando Adelina entró al cuarto donde el Dr. Schaffer la había llevado, Diana volteó a mirarla, pero no le sonrió ni hizo ningún intento por reconocer la presencia de Adelina. Volteó a mirar el televisor que estaba colgada en la pared.

Adelina jaló una silla y la colocó al lado de la cama. Miró las muñecas de Diana, cubiertas con vendas blancas.

—¿Cómo te sientes? —le preguntó Adelina al sentarse.

Diana siguió mirando la televisión.

Adelina estiró la mano para tocar la mano de Diana, teniendo cuidado de no lastimarla.

—Deberían de haberme dejado allí —dijo Diana.

—Pero Diana…

—Me quiero morir, Adelina. Yo no puedo vivir así, con este dolor que me desgarra por dentro hasta que ya no puedo respirar.

—El dolor toma tiempo para curarse, Diana. Un día ya no te dolerá tanto como te está doliendo ahora.

Diana resopló. Volteó a mirar a Adelina y le dijo: —Y ¿qué sabes tú de dolor? Tú no sabes lo que es ser responsable de la muerte de un niño. Tú no sabes cómo se siente que llegue la noche y tu cuerpo anhela poder descansar, pero tu mente culpable no te deja dormir.

Adelina luchó por detener las lágrimas. Odiaba llorar. Era algo raro que ella llorara, porque al contrario de otra gente, al llorar se sentía aún peor.

—Tú no sabes cómo se siente uno, Adelina. Estar despierta toda la noche, peleando con los demonios que te acosan, que te roban el sueño.

Adelina se limpió las lágrimas que corrían por su rostro. Respiró profundamente y le dijo: —Sí lo sé. Déjame contarte una historia, Diana. La historia de una niña que se durmió una noche de lluvia y ahogó a su hermanita.

juana

Juana encendió la luz y entró al cuarto. Tiró su mochila en la cama y se sentó. Eran las ocho de la noche. Adelina tenía que estar aquí, esperando su llamada. No le había contestado cuando Juana llamó más temprano, tan pronto como la migra la dejó ir. Juana temía que Adelina hubiera cambiado de parecer.

Caminó hacia la cama de Adelina y recogió las cobijas. Había pensado que sólo era su imaginación, pero las cobijas en verdad estaban manchadas. Juana acercó las cobijas a la luz de la lámpara sobre ella. Las aventó y salió corriendo fuera del cuarto, bajando las escaleras lo más rápido que pudo. Tocó la puerta de Verónica con fuerza. Nadie contestaba. Juana siguió tocando. Sabía que Verónica siempre traía sus clientes a su apartamento. A ella no le gustaba andar de hotel en hotel. Decía que prefería trabajar en la comodidad de su propio hogar.

—Verónica, es Juana. ¡Por favor abre la puerta!

La puerta finalmente se abrió y Verónica se paró en el umbral, cubierta con una sábana. Juana miró a un hombre acostado en la cama, molesto por la interrupción.

—Verónica, ¿sabes que le pasó a Adelina?

Verónica abrió la boca para hablar, pero fue interrumpida por el hombre en la cama.

—Apúrate cabrona, que se me está quitando la erección.

Verónica salió del cuarto y cerró la puerta. Jaló a Juana a un lado.

—Las cobijas están manchadas de sangre —dijo Juana rápidamente—. Por favor, dime qué pasó.

—Lo siento Juana.

—¿Dónde está mi amiga? ¿Está bien?

Verónica negó con la cabeza.

—Está muerta. Gerardo la mató. ¡El hijo de la chingada la mató!

Algo chocó contra la puerta dentro del cuarto. Juana podía oír al hombre gritándole a Verónica que regresara.

Adelina le dijo a Gerardo que lo iba a dejar. —Lo siento Juana. Llamé a la ambulancia pero llegaron demasiado tarde—. Verónica cerró la puerta lentamente.

Juana regresó a su cuarto. Se sentó en la cama y sintió su cuerpo temblar. Sentía como si una parte de ella también se hubiera muerto.

Recogió su mochila y se la colgó sobre el hombro. Tenía que irse de allí. Ya no podía estar allí ni un minuto más. Fue al tocador y despegó las fotos de ella y de Adelina del espejo. Fotos de ellas juntas. Abrió el cajón de abajo y sacó el acta de nacimiento de Adelina. Juana la leyó por mucho tiempo, tratando de memorizar la información. Miró su imagen en el espejo y abrió la boca para hablar.

—¿Cómo te llamas? —se preguntó en inglés.

—Me llamo Adelina. Adelina Vásquez.

Juana apagó la luz, cerró la puerta y se dirigió a la estación de la frontera americana.

adelina

El taxi se movía lentamente sobre el camino de tierra que corría al lado del río en dirección al norte. Se abrió paso sobre los baches y las piedras esparcidas en el camino. Casi todas las chozas hechas de palos de bambú y cartón se habían convertido en casas de concreto. Adelina miró la chocita que alguna vez le había pertenecido a doña Martina y se preguntó quién viviría allí ahora. Miró a un niño desnudo correteando a las gallinas que su mamá estaba alimentando.

Adelina observó el terreno vacío en la distancia. Niños y niñas jugaban al fútbol. Una niña alzó la pierna y pateó la pelota muy alto en el aire. Una nube de polvo se elevó sobre el lugar donde la niña había pateado. Adelina sintió algo de celos, recordando que ella, alguna vez, anheló jugar al fútbol con los niños, pero no la habían dejado.

El taxi llegó al lugar donde su choza había estado.

Ahora, una casa amarilla de concreto y tabique estaba allí, rodeada por una pequeña pared de ladrillo para detener el agua durante las inundaciones. Esa era la casa que su padre había soñado.

Pero ahora le pertenecía a otra gente.

—Permítame, le ayudo con sus maletas, señorita —dijo el conductor.

Adelina asintió con la cabeza, recogió la caja de madera que estaba en el asiento al lado de ella y luego salió del taxi. La puerta de la casa se abrió y una mujer baja y un poco gordita salió. Dos muchachos y una niña salieron después.

Adelina sonrió.

—Buenas tardes, Sandra —le dijo a la nieta de doña Martina.

—Qué bueno que llegaste bien —dijo Sandra al abrazar fuertemente a Adelina.

—Me da mucho gusto verte otra vez —dijo Adelina, recordando la última vez que miró a Sandra en la estación de tren poco antes de marcharse a Tijuana.

Sandra le dijo a su hijo mayor que metiera las maletas y acompañó a Adelina dentro de la casa. Las paredes de concreto estaban pintadas de un color azul claro. La luz del sol se colaba por las ventanas abiertas y Adelina miró el piso brilloso bajo sus pies, un piso que muchos años atrás había sido de tierra.

—¿Te entristece ver que la choza ya no existe, Juana? —preguntó Sandra.

Adelina la miró, sorprendida que la llamara por su verdadero nombre.

—Lo siento —dijo Sandra—. Creo que debería llamarte Adelina.

—Adelina murió hace mucho tiempo. Tal vez ya es hora de dejarla descansar. Deberías llamarme Juana. Es en, realidad, quien soy.

Sandra le pidió a Adelina que tomara asiento en el sillón.

—Creo que estás equivocada —dijo Sandra al sentarse también—. Tú ya no eres Juana. Ahora eres una mujer triunfadora que hizo lo que se tenía que hacer. Deberías quedarte con tu nuevo nombre: Adelina.

Adelina siempre se había sentido culpable de usar el acta de nacimiento de la verdadera Adelina para cruzar la frontera, para asistir a la universidad, para obtener un trabajo.

Sandra miró la caja de madera que Adelina había puesto a su lado en el sillón.

—Son las cenizas de mi padre —dijo ella—. ¿Cómo está mi madre?

—Está mejor. Los doctores le pudieron controlar la infección en los pulmones, gracias a Dios.

—¿Ha empezado a comer nuevamente?

—No.

—¿Por cuánto tiempo ha estado haciendo eso? —preguntó Adelina al abrir su bolsa. Sacó el rosario blanco y con delicadeza empezó a frotar las cuentas con la punta de los dedos.

—Hace casi tres semanas.

Adelina movió la cabeza en desacuerdo. ¿Qué estaba tratando de hacer Amá?

—Ya está muy frágil. Parece una mujer muy vieja, aunque sólo tiene cincuenta y un años. Está demente. Habla con la pared como si pudiera ver a tu padre parado allí. A veces mece los brazos como si estuviera meciendo a un bebé.

—¿Cuándo la puedo ir a ver?

—Las horas de visita son en la mañana. Te llevaré a ver a tu madre temprano por la mañana.

En la tarde, Adelina se disculpó y se encaminó hacia el otro lado del río para tomar un taxi que la llevara a la plaza del pueblo. Hubiera preferido ir a su piedra, arriba de la colina, pero sabía que al estar sola, recordaría cosas que no quería recordar, sentiría cosas que no quería sentir.

Pensaría en Sebastián.

Adelina se bajó del taxi y cruzó la calle hacia la plaza. Su falda larga volaba en la brisa del atardecer. Miró los árboles de tamarindo alrededor de la plaza y los vio moverse suavemente bajo el gentil soplido del viento. Se sentó en un banco y contempló a las parejas caminando de la mano, a los niños corriendo sobre los escalones del monumento donde una gran bandera mexicana ondeaba en un poste. Miró a los grupos de hombres reírse, sus ojos hambrientos mirando a las muchachas bonitas que sonreían mientras se tapaban la boca con las manos.

Había hileras de vendedores ambulantes en las calles. Vendían elotes, panqueques con miel y mermelada, plátanos fritos, churros y mangos con chiles. Se le hizo agua la boca al respirar el olor a elote hervido. A Amá también le encantaba comer elotes recordó.

—Buenas tardes, señorita.

Adelina alzó la mirada y se sorprendió al ver al muchacho de los ojos tristes, el muchacho de dieciocho años que ahora sabía era su hermano. Estaba de pie ante ella y doña

Matilde se sujetaba de su brazo derecho. Ambos miraban a Adelina.

Al mirar a la anciana, Adelina sintió todo su odio devorarla. Respiró profundamente, tratando de controlarse.

—Buenas tardes, joven. Es una sorpresa verlo por aquí —se escuchó decir.

Su hermano se rió. Adelina respingó. Era la misma risa de su padre.

—Pues yo no estoy sorprendido de verte. Después de todo, éste es un pueblo pequeño. Saliste corriendo de la estación tan rápido, que ni siquiera tuve la oportunidad de presentarte a mi madre, la señora Matilde.

Doña Matilde estiró su mano frágil y arrugada para saludar a Adelina.

Adelina se puso de pie, sintiéndose poderosa por el hecho de que ahora ella se elevaba sobre la figura jorobada de doña Matilde. Ya no era una niña pobre y pequeña, llena de miedo. Miró a los ojos viejos de la mujer y estiró la mano para saludarla, diciendo: —Buenas tardes, señora. Yo soy Juana García.

Por un momento los ojos de doña Matilde se agrandaron de la sorpresa. Su mandíbula le tembló soltando rápidamente la mano de Adelina como si la hubiera quemado.

—Mamá, ¿no piensa decirle algo? —preguntó su hermano.

Doña Matilde miró el piso y no contestó.

—Juana, por favor disculpa a mi madre. Pero estoy seguro de que a ella le da mucho gusto conocerte. Yo me llamo José Alberto Díaz.

Adelina estrechó la mano suave de su hermano. La mano no era la de un campesino, sino la de un estudiante universitario.

—Bueno señorita, gusto en conocerla —dijo doña Matilde entre dientes. Volteó a ver a José Alberto y agregó:

—Mijo, ya está haciendo frío. Por favor vamos a casa.

—Pero si dijo que quería que fuera a comprarle un churro. Ande Mamá, espere aquí con Juana mientras le voy a comprar uno.

—Pero yo...

—Ande, Mamá, descanse un rato.

José Alberto ayudó a doña Matilde a sentarse al lado de Adelina. Doña Matilde miró con enojo a Adelina y se movió hasta el lado opuesto de la banca, lo más lejos de ella posible.

José Alberto miró a Adelina y se disculpó. Ella lo vio cruzar la calle. Por un instante quiso gritarle y pedirle que volviera. Ella tampoco quería quedarse a solas con doña Matilde.

—¿Qué crees que estás haciendo? —preguntó doña Matilde.

Adelina volteó a mirarla. —Yo no sé qué quiere decir con eso, señora.

—Tú sabes exactamente qué es lo que quiero decir. Yo sé quién eres. Has estado lejos por muchos años y ahora has vuelto para tratar de quitarme a mi hijo. Lo puedo ver claramente.

—Él no es su hijo. Es el hijo de mi madre mi hermano y usted se lo robo.

—Él me pertenecía. Era el hijo que yo debería haber tenido.

Adelina se puso de pie y apuntó con dedo acusador a doña Matilde.

—Pero usted no lo tuvo, fue mi madre quien lo cargó en su vientre, quien le dio vida.

—Él es mi hijo —dijo doña Matilde.

Apretó el bastón contra su pecho fuertemente. Adelina miró sus manos arrugadas temblar. Volteó a mirar a José Alberto que se dirigía hacia ellas, cargando un churro en cada mano.

—Él es el hijo de mi madre y es mi hermano —dijo Adelina—, y ya es hora de que lo reclamemos.

—Aléjate de él —dijo doña Matilde—, o le causarás un dolor muy grande, que lo lastimará por el resto de su vida.

Adelina no le quitó la mirada a José Alberto que llegó junto a ellas y les ofreció un churro.

—Aquí tienen. Todavía están calientitos.

Adelina miró su sonrisa pueril, su cabello desordenado, la mirada despreocupada en sus ojos.

Pensó en lo que doña Matilde había dicho. Mordió el churro, pero el azúcar no reemplazó el sabor amargo que tenía en la boca.

El viaje en autobús a la prisión de Chilpancingo duró más de una hora, pero Adelina sintió que había llegado demasiado rápido. Amá estaba en la clínica de la prisión. Había sido trasladada nuevamente hacía unos días, cuando los judiciales se dieron cuenta de que su salud se estaba deteriorando. Ella rehusaba comer y se estaba muriendo de hambre.

Le faltaban ocho años más para cumplir sentencia, pero en su lugar, ella había decidido morir.

Adelina apretó la caja de madera que cargaba en los brazos. El judicial que caminaba delante la guió por un pasillo fuera de la sala de espera. Con cada paso que daba, Adelina sentía crecer la aprensión. Tenía miedo de ver a Amá. Quería recordar a su madre como había sido muchos años atrás. No quería ver a una mujer derrotada, vacía, marchita como una flor en un altar desatendido.

Al cruzar el umbral de la puerta, Adelina miró a los guardias dentro de la pequeña clínica. Estaban parados a unos diez pies de distancia el uno del otro, con rifles en las manos. Había dos hileras de camas en lados opuestos del cuarto. Para privacidad, habían colocado biombos entre las camas.

—Venga por aquí, por favor —le dijo el oficial a Adelina.

Caminaron por el pasillo, y Adelina mantuvo los ojos sobre la espalda del judicial, tratando de no mirar a las prisioneras acostadas en las camas.

El judicial se detuvo y señaló la cama frente a él.

—Tiene veinte minutos, señorita.

El biombo le bloqueaba la vista a Adelina. Dio unos pasos hacia adelante y vio a Amá. Su madre la observaba intensamente, pero Adelina no percibió ni una señal de que la reconociera. Las manos pequeñas y arrugadas de Amá estaban medio cubiertas por la sábana. Había un suero intravenoso en la muñeca de Amá. Adelina cerró los ojos y trató de recordar los tiempos cuando había peinado el cabello largo y sedoso de su madre, cuando había limpiado la mugre de su cara hermosa, cuando la había tomado de la mano y cuando había inhalado el olor a jazmín que siempre la rodeaba.

—Hola, Amá —dijo ella abriendo los ojos—. Soy yo, Juana. Su hija.

Amá la miró y negó con la cabeza.

—Tú no eres mi Juana. No, mi Juana es sólo una niña. Una

niña lista y que me quiere mucho, pero nunca me viene a visitar.
Adelina se acercó a su madre y se inclinó para darle un beso en la frente. Jaló una silla, la colocó al lado de la cama y se sentó. Puso la caja de madera en sus piernas y luego extendió la mano para tomar la mano de Amá.

—Yo te conozco —dijo Amá—. Creo que te conozco. Te me haces conocida pero en verdad no puedo recordar dónde te he visto.

—Amá, soy Juana, tu hija.

Adelina apretó la mano de su madre.

—¿Oyes eso, Miguel? —le dijo Amá al biombo que estaba a su derecha—. Dice que es nuestra Juana. Pero ¿cómo puede ser nuestra Juana? Está tan alta y bonita, y nuestra Juana todavía es una niña tímida.

Adelina puso la cabeza sobre el regazo de su madre y sin poder controlarse dejó que las lágrimas brotaran. Quería ser la hija de su madre nuevamente, no una extraña.

—Ya, ya, criatura. Ya, ya. No hay necesidad de lágrimas —con ternura, Amá elevó la cabeza de Adelina y le secó las lágrimas con la esquina de la sábana—. Está bien, puedes ser mi Juana, si te parece.

Adelina asintió con la cabeza.

—Y dime, ¿por qué no me has visitado antes, Juana?

—Estaba lejos. Estaba viviendo en El Otro Lado.

Amá se quedó callada por un momento. Apretó los labios y Adelina vio que los ojos se le llenaban de lágrimas.

—Mi esposo anda allá en El Otro Lado —susurró Amá—. Pronto regresará. Él me lo ha dicho. Pronto estaremos juntos.

Amá volteó a mirar el biombo y dijo: —¿Verdad Miguel?

Regresarás pronto para estar conmigo. ¿Verdad? Pronto regresarás a mi lado.

Adelina volteó a mirar el biombo, casi esperando ver a su padre de pie.

Amá luchó para doblar las rodillas y abrazarlas contra su pecho. Se meció para atrás y para adelante, farfullando que Apá regresaría pronto.

—Se fue hace mucho —dijo ella—. Pero regresará pronto. Él me lo prometió—. Volteó a mirar a Adelina. La tomó de la mano y le dijo: —¿No me mintió, verdad? No me abandonó. ¿Verdad?

Llena de emoción Adelina tocó la mejilla de su madre y le dijo: —No Amá. Apá nunca la abandonó.

Qué bien se sentía Adelina de poder mirar a su madre a los ojos y decirle esas palabras. Era la verdad y ella misma lo había comprobado finalmente. Su padre nunca las abandonó.

—Está bien señorita, ya se le acabó el tiempo.

El judicial estaba de pie detrás de Adelina y le hizo señales para que se levantara. Adelina recogió la caja de madera y se agachó para besarle la frente a su madre.

—Vendré a visitarte mañana.

Amá asintió con la cabeza y su risa era como la risa de una niña. Bajó la cabeza, abrazó sus rodillas fuertemente contra su pecho y empezó a mecerse nuevamente.

—No me abandonó. No me abandonó…

Adelina miró a su madre una vez más antes de seguir al judicial de regreso a la sala de espera donde Sandra la esperaba. Apretó la caja de madera fuertemente contra su pecho. Sabía que no le podía decir a su madre que Apá había muerto.

Amá quería de regreso a su esposo, no sus cenizas.

• • •

Adelina se apoyó contra la roca y miró el pueblo en el valle rodeado de montañas. El pueblo había crecido. Pudo ver pequeñas luces brillando al pie de las montañas donde antes no había ni una casa. Se abrigó con su suéter, sintiendo el viento frío meterse entre su cabello.

Eran las cinco de la tarde en Los Ángeles. La cena estaba siendo preparada en ese momento en el refugio. Si estuviera en Los Angeles, ella estaría manejando por la calle Cuatro, dirigiéndose al oeste, hacia el centro donde estaba localizado el refugio. Estaría manejando sobre el puente, mirando a su derecha donde en la distancia se elevaba el Hospital General, pensando en Sebastián trabajando allí, salvando vidas.

Le dolía pensar en él. El único hombre de quien se había enamorado.

—¿Qué vas a decirle a tu mamá sobre tu padre? —le preguntó Sandra a la mañana siguiente mientras las dos se dedicaban a bordar servilletas.

Sandra estaba enseñándole a hacer diferentes puntadas con la aguja. Adelina se picó el pulgar y se lo metió en la boca. Habían pasado muchos años desde la última vez que había bordado.

—No le voy a decir nada —dijo Adelina—. Amá no aceptará la muerte de mi padre. Pero hay una persona que está viva, a quien le puedo llevar.

—Qué quieres decir? —Sandra detuvo la aguja en el aire y esperó a que Adelina contestara. Frunció el ceño.

Adelina la miró y le dijo: —Mañana cuando visite a Amá, voy a llevarle a mi hermano.

—¿Así que le vas a decir la verdad?

Adelina insertó la aguja en la tela y jaló el hilo de seda azul por el otro lado.

—Es mi hermano, Sandra. Es el hijo de mi madre. Sí, le diré la verdad. Doña Matilde no se merece su amor, y yo se lo voy a arrebatar.

Sandra colocó la servilleta en la mesa. Tomó la mano de Adelina en la suya y dijo: —Piensa muy bien lo que vas a hacer, Adelina. A veces es mejor dejar las cosas como están. Tu hermano es un muchacho ya. Te guste o no Matilde lo ha criado bien. Le ha dado todo el amor que una madre puede dar. A veces es mejor alejarse. Si haces esto por venganza ten en cuenta de que no sólo lastima-rás a tu hermano y a Matilde, sino también a ti misma.

Adelina miró la aguja que tenía en la mano. Le quería decir a José Alberto la verdad. Era su hermano. Qué alivio sería poder quitarse el peso que cargaba sobre la espalda, compartir su dolor, sus angustias y la verdad sobre su padre. Él era el único miembro de su familia que le quedaba. Era su hermano. ¿Acaso también lo tenía que perder?

Adelina le pidió al conductor del taxi que parara en frente de la casa de doña Matilde. Se paró afuera un buen rato, mirándose reflejada en el metal negro del portón. Suspiró levemente antes de tocar.

No tuvo que esperar mucho tiempo. Para su alivio, fue José Alberto quien abrió la puerta. Tenía las manos manchadas de tierra y la cara de sudor. Traía puesto un sombrero de paja en la cabeza.

—Juana, qué sorpresa verte. Entra, entra.

Adelina nunca había estado dentro de la casa de don Elías. Había varios tipos de plantas creciendo a lo largo del camino que llegaba hasta la puerta principal. Crecían los rosales contra las paredes que dividían la propiedad con los vecinos. Tiestos de barro estaban en el suelo al lado de una bolsa de tierra junto a geranios listos para ser plantados.

—Estoy arreglando el jardín de mi madre —dijo José Alberto limpiándose el sudor de la frente—. Apenas terminé de podar los rosales y ahora voy a plantar los geranios en estos tiestos.

—Pues discúlpame que interrumpí tu trabajo —dijo Adelina, tragándose el sabor amargo que los celos dejaban en su boca.

—No estás interrumpiendo. Ven, siéntate mientras te traigo un vaso de limonada.

José Alberto encaminó a Adelina a las sillas del patio bajo el porche. Adelina se sentó, preguntándose dónde estaría doña Matilde. Cuando José Albertó regresó trayendo dos vasos de limonada ella le preguntó sobre el paradero de doña Matilde.

—Fue a misa. Dijo que regresaría pronto. ¿Cómo sabías que aquí vivo? —preguntó José Alberto.

Adelina tomó un trago de su limonada. Éste era el momento de hablarle. Le podía contar todo sobre don Elías, sobre lo que doña Matilde le hizo a Amá, sobre Amá en la prisión, sobre la muerte de Apá y sobre su travesía para irlo a buscar. Pero cuando abrió la boca no pudo decir nada. En lugar de eso dijo: —Yo... ah, pues el taxista sabía dónde vivías.

—Sí, es verdad. El pueblo es muy chico —dijo José Alberto.

—Vine a pedirte un favor.

—¿De qué se trata?

Adelina le dio golpecitos al vaso con las puntas de los dedos, pensando cómo decirle lo que le quería pedir.

—Necesito que vengas conmigo a Chilpancingo. Mi madre se está muriendo y me gustaría que la conocieras.

José Alberto se quedó callado por un momento. Adelina se preguntó lo que él estaría pensando. De seguro que estaba sorprendido. Sólo la había conocido ayer, después de todo, y aquí estaba ella proponiéndole tal cosa. Pero ella quería que conociera a Amá antes de contarle la verdad. Quería ver cómo reaccionaría al ver a su madre.

—¿Qué es lo que le pasa? —preguntó José Alberto.

—Ha estado encerrada en la prisión por diecisiete años. Ha dejado de comer, ha perdido la razón. Su mente ha regresado al pasado, al grado de que ya no sabe ni quién soy.

—Siento mucho escuchar eso —dijo José Alberto.

Adelina le miró los ojos en forma de lágrimas. Cuando sonreía era como si estuviera viendo a Apá.

El portón se abrió y doña Matilde entró. Traía la cabeza cubierta con un rebozo negro. Miró a José Alberto y a Adelina.

—¿Qué está haciendo esa mujer aquí? —preguntó.

Su bastón tembló frente a ella y se hubiera caído si José Alberto no hubiera corrido a su lado para detenerla.

—Todo está bien, Mamá. Ven a sentarte —dijo él.

Doña Matilde negó con la cabeza y apuntó a Adelina con el dedo.

—Te dije que te alejaras de él. Te lo dije. ¿Qué es lo que quieres de él? ¿Le quieres arruinar la vida?

—Mamá, ya basta. ¿Qué te pasa?

Adelina fue a pararse al lado de José Alberto. El corazón le latía fuertemente en el pecho. Dile, dile, se dijo a sí misma. Dile ahora.

—Mi madre se está muriendo, señora.

Doña Matilde movió la cabeza en desaprobación y se apoyó contra José Alberto.

—No me lo quites, por favor, no me lo quites —dijo doña Matilde.

José Alberto la abrazó y trató de calmarla.

—Está bien, Mamá. Estoy aquí. Todo está bien.

Adelina dejó caer los brazos, dándose por vencida. Miró a José Alberto. Escuchó la ternura en su voz y miró la manera en que abrazaba a doña Matilde. Una parte de ella quería hablarle. Le quería contar quién era su verdadera madre. Quería que él supiera quién fue su padre. Quién era ella. Pero ¿qué ganaría con decirle la verdad? ¿Podría él amar a Amá de la misma manera que amaba a doña Matilde? ¿Podría él amar el recuerdo de un padre que nunca conoció? Y ¿podría él amarla a ella, a una hermana que nunca supo que tenía?

Ella miró a su hermano una vez más y luego se dio la vuelta para marcharse.

—¡Espera! —dijo José Alberto. Adelina se detuvo con una mano en la manilla del portón.

—Iré contigo mañana —dijo él.

—José Alberto, mi'jo. No me dejes —dijo doña Matilde.

—Señora —dijo Adelina al mirar a doña Matilde—. Mi madre se está muriendo.

Y usted se lo debe, Adelina quería decir. Pero no hubo necesidad de decirlo en voz alta.

Doña Matilde pareció escuchar esas palabras silenciosas, pues después de unos momentos asintió con la cabeza y dijo:

—Entonces debes ir, José Alberto. Ve a ver a esa pobre mujer. Tal vez la puedas ayudar a morir en paz.

Durante el camino a Chilpancingo, Adelina ansiosamente esperaba que José Alberto le preguntara por qué ella le había pedido que la acompañara. Él no lo hizo. Estaba callado y tenía una mirada lejana, muy pensativo, como si estuviera tratando de recordar algo sin poder lograrlo.

Pero luego, pensó Adelina, tal vez está preocupado por doña Matilde.

Sería más fácil decirle la verdad a José Alberto si doña Matilde lo hubiera maltratado, o no lo hubiera querido en la forma en que lo quería. Si Adelina le contara la verdad ahora, probablemente él la odiaría por arruinar el amor que él sentía hacia la mujer que creía ser su madre.

—¿Dónde está tu padre, Juana?

Le tomó a Adelina un momento darse cuenta de que José Alberto le había hablado.

—Mi padre murió hace muchos años —le dijo ella.

Él la miró con sorpresa.

—¿Cuándo? y ¿cómo?

—Murió hace diecinueve años, cuando intentó cruzar la frontera a los Estados Unidos. Mi madre y yo no supimos de su muerte. Yo sólo me enteré hace poco —Adelina volteó a mirar a José Alberto y agregó—: Mi madre no lo sabe. Por favor, no se lo menciones a ella.

—Y ¿por qué no quieres que ella sepa la verdad?

—Porque ella no la aceptaría. Yo pensaba que si ella sabía

que mi padre estaba muerto y que no la había abandonado, ella podría vivir en paz. Pero estaba equivocada. Contarle sobre la muerte de mi padre sólo la hundiría más en su depresión. Mataría la esperanza que ella ha mantenido viva durante todos estos años: que un día él regresaría a su lado.

—Debió haber sido muy difícil para ella perder a su esposo —dijo José Alberto.

—Sí, lo fue.

Adelina miró a través de la ventana y se secó la humedad en los ojos.

—Mi madre perdió a su esposo también —dijo José Alberto—. Le fue muy difícil. Casi no habla de él.

«¿Y por qué querría ella hablar de ese cerdo miserable?», pensó Adelina.

—Cuando era más joven, yo solía desear haber conocido a mi padre. Pero un día dejé de desearlo.

—¿Por qué?

—Cuando miraba sus retratos sentía como si estuviera mirando a un extraño, a una persona que no fue un buen hombre. Y a veces cuando la gente del pueblo hablaba de él no decían cosas buenas.

—Entiendo por qué te sentías así —dijo Adelina.

—Pero lo extraño fue que hace unos años la sirvienta me dijo que don Elías no era mi padre.

José Alberto volteó a mirar a Adelina. Ella guardó silencio y esperó escuchar más. ¿Quién era su sirvienta? ¿Por qué le había dicho a José Alberto tal cosa? ¿Cómo sabía ella la verdad?

—Mi madre escuchó nuestra conversación y la despidió en ese instante. Cuando se iba ella empezó a gritar cosas que no tenían sentido. Se me ha olvidado lo que dijo. Mi madre me prohibió hablar con esa mujer otra vez. Y yo la hubiera buscado para pedirle explicaciones, pero decidí que era mejor dejar las cosas como estaban. A veces es mejor quedarse en la ignorancia.

Adelina se preguntó qué fue lo que la sirvienta había intentado decirle.

—¿Quién era tu sirvienta? —preguntó ella.

—Una mujer llamada Antonia —dijo José Alberto.

Adelina cerró los ojos y pensó en alguien que ella había conocido en el pasado que se llamaba Antonia. Su madrina.

—Ella solía mirarme de la misma manera que tú me miras —dijo José Alberto.

—¿Cómo?

—Como si miraras en mí a alguien que conoces.

El judicial los guió a través del pasillo hacia la clínica. Adelina sintió su corazón latir fuertemente dentro del pecho. ¿Por qué de repente le dio miedo haber llevado a José Alberto con ella? ¿Lo reconocería Amá como el hijo que había perdido? Se preguntó lo que José Alberto diría. Lo hubiera preparado. Tal vez hubiera sido mejor que ella misma le dijera la verdad.

Amá estaba dormida cuando llegaron. Y dormida o no el judicial dijo que su visita sería por veinte minutos. José Alberto jaló la única silla que había para que Adelina se sentara cerca de Amá. Él permaneció de pie. Adelina no sabía qué hacer. Por un lado, sentía alivio. Había deseado que José Alberto viera a su verdadera madre por lo menos una vez y ahora lo había logrado. Pero ella también hubiera querido que Amá lo viera. Su madre merecía tener a su hijo en sus brazos otra vez, aunque fuera sólo por un momento.

Ambos guardaron silencio. Adelina notó que José Alberto no le quitaba la vista a Amá. Se preguntó lo que él estaría pensando. Quería decirle que Amá no había sido siempre así, derrotada y débil. Quería decirle que una vez Amá había sido bella y fuerte, antes de que don Elías le arrebatara a su hijo.

Amá abrió los ojos y parpadeó como si no pudiera creer lo que veía. —¿Miguel? ¿Has vuelto a mí? ¿Has vuelto a mí?

Amá alzó los brazos hacia él.

Adelina se puso de pie y trató de que su madre se acostara otra vez en la cama.

—Amá, Amá cálmese por favor. Acuéstese.

Amá estiró los brazos hacia José Alberto aún más.

—Señora, está bien. Venga, acuéstese.

José Alberto tomó las manos de Amá con delicadeza, como si tuviera miedo de lastimarla.

—Miguel, has vuelto a casa. Yo sabía que regresarías a casa. ¿Dónde has estado?

Adelina vio las lágrimas que se deslizaban sobre el rostro envejecido de su madre. ¿Por qué no había pensado que esto pasaría? Amá no veía en José Alberto al hijo que perdió, sino al esposo que había amado por todos estos años.

José Alberto acarició la mano de Amá con mucha ternura, aunque parecía estar igual de sorprendido. Volteó a mirar a Adelina y preguntó: —¿Cómo se llama tu mamá?

—Lupe. Lupe García.

José Alberto volteó a mirar a Amá.

—Tenemos un hijo, Miguel —le dijo Amá a José Alberto—. Le puse Miguel, como tú. Pero me lo quitaron, me lo quitaron.

Ella apretó las manos de José Alberto y preguntó: —Tú lo vas a recuperar, ¿verdad Miguel? ¿Tú vas a recuperar a nuestro hijo?

José Alberto asintió con la cabeza.

—Sí, Lupe. Yo encontraré a nuestro hijo y lo traeré de regreso a casa. Te lo prometo.

Adelina no tenía palabras para expresar lo que sentía. Todo lo que podía hacer era preguntarse en qué estaría pensando José Alberto. Amá se recostó contra él, y él le acarició el cabello suavemente.

—Está bien señorita, ya se le acabó su tiempo —la voz del judicial los asustó—. Por favor permítanme acompañarlos de regreso a la sala de espera.

Adelina quería que se fuera. ¿Acaso no podía ver el judicial que éste era un momento muy importante? Pero ella estaba demasiado abrumada por lo ocurrido. Así que volteó a ver al judicial y asintió con la cabeza. Caminó a la cama y besó la frente de Amá.

—Amá, ya nos tenemos que ir. Regresaremos a visitarla en unos días, ¿está bien? Pero tiene que prometerme que va a empezar a comer otra vez.

—Pero no se pueden ir. No pueden —dijo Amá. Volteó a mirar a José Alberto—. Miguel, no te puedes ir otra vez. No puedes. Por favor, no me dejes otra vez.

Amá luchó para bajarse de la cama. Casi se caía, pero José Alberto corrió a su lado para detenerla. Amá se colgó de la cintura de José Alberto y no lo soltó. El judicial caminó hacia ella y trató de separarlos.

—¡Ya dije que la hora de visita ha concluido!

—Miguel, por favor no me dejes aquí. ¡No te vayas!

—Regresaré pronto, Lupe. Te lo prometo —dijo José Alberto.

El judicial le indicó a José Alberto que se alejara de Amá. Adelina lo tomó del brazo y lo jaló hacia la puerta. El judicial les pidió que salieran de allí y luego llamó al doctor.

—Por favor Miguel, ¡por favor! —gritó Amá.

José Alberto se dio la vuelta y regresó al lado de Amá.

—Joven, tiene que retirarse —dijo el judicial.

José Alberto no le hizo caso. Se sentó en la cama de Amá y la abrazó, susurrándole al oído. Después de un momento, Amá dejó de llorar. Se limpió las lágrimas y sonrió.

Cuando el doctor llegó, Amá se acostó en la almohada y dejó que le inyectaran un sedante para dormir.

José Alberto se quedó al lado de Amá sosteniéndola de la mano hasta que se quedó dormida.

—No romperás tu promesa, ¿verdad Miguel? Vas a honrar tu promesa —dijo Amá al cerrar los ojos.

—Sí Lupe. Yo honraré mi promesa.

Amá sonrió y pronto se quedó dormida.

—Señorita García —le dijo el doctor a Adelina—. Yo creo que sería mejor que su madre fuera transferida a un centro psiquiátrico donde será mejor atendida.

—Pero doctor…

—Lo siento, señorita. Hoy hablaré con el supervisor para pedir la transferencia.

—Por favor, doctor, dele tiempo. Yo sé que ella saldrá de esto. Yo lo sé.

—Lo siento, señorita, pero yo he hecho todo lo que podía hacer por ella —dijo el doctor, indicándole al judicial que los sacara de allí.

José Alberto la tomó de la mano.

—No te preocupes. Encontraremos la manera de sacarla de aquí. Tiene que haber una manera.

Adelina asintió con la cabeza. Lo tomó del brazo y siguieron al judicial fuera de la clínica.

Adelina durmió hasta muy tarde el día siguiente. Se despertó con dolor en el pecho y su almohada estaba mojada, como si hubiera llorado en su sueño.

Tal vez sí había llorado. Había soñado con Sebastián.

Soñó la noche que le dijo que la olvidara, que nunca más la buscara.

—Yo no sé lo que te está alejando de mí —le dijo él a ella—. Pero espero que un día te libres de lo que te atormenta.

Él no la buscó, como ella se lo había pedido.

Adelina se cubrió la cabeza con la cobija, deseando que el teléfono no estuviera sonando en la sala, deseando que los perros no estuvieran ladrando. No quería estar despierta. Quería dormir otra vez, quería soñar otra vez, pero esta vez quería soñar un sueño bonito.

—Adelina, ¿estás despierta? Hay una llamada para ti —dijo Sandra al otro lado de la puerta.

Adelina se destapó, sintiéndose derrotada. ¿Por qué no la dejaban dormir?

—Quién es?

—Es de la prisión. Es sobre tu madre.

—Ahora salgo —dijo Adelina.

Saltó de la cama, tomó su bata, y corrió a la sala donde Sandra la estaba esperando. Adelina levantó el teléfono de la mesa y casi se le cae. Lo apretó más fuerte al ponérselo al oído.

—¿Bueno?

—¿Es usted la señorita Juana García, hija de Guadalupe Ramírez de García? —preguntó la mujer al otro lado de la línea.

—Sí, soy Juana —dijo Adelina. Miró a Sandra y notó que se estaba mordiendo las uñas.

—Señorita, siento darle esta triste noticia, pero su madre murió anoche.

—¿Qué? —gritó Adelina en la bocina. Sandra se puso a su lado y se acercó para poder escuchar.

—Pero si ella estaba bien ayer. ¿Qué pasó?

—Su madre sufrió un ataque al corazón casi a la madrugada. El doctor y las enfermeras trataron de salvarla, pero no pudieron lograrlo. Estaba demasiado débil.

—Pero…

—Lo siento señorita García. Debe venir a reclamar el cuerpo de su madre lo más pronto posible. Los doctores contestarán cualquier pregunta que tenga. ¿Cuándo piensa venir?

Adelina miró a Sandra que movía la cabeza con incredulidad.

—Iré hoy —dijo Adelina.

—Está bien. Y otra vez, lo siento mucho.

Cuando la línea se cortó Sandra le quitó el teléfono a Adelina y colgó el auricular. Adelina lentamente se dirigió al sillón y se dejó caer.

—Yo no entiendo —dijo Sandra—. ¿Cómo pudo pasar esto?

Adelina no sabía qué decir. Su madre estaba muerta.

—Ella hizo que esto pasara —dijo Sandra—. Lupe se dejó morir.

—Yo quería que muriera en paz —dijo Adelina—. Yo no sé si lo hizo.

Sandra fue a su lado y la abrazó.

—Estoy segura que murió en paz, Adelina. Tú le trajiste a su esposo y a su hijo. Le trajiste a su hija de regreso. Ella debe haber estado feliz.

Adelina se cubrió la cara con las manos. Dejó que Sandra la apretara contra su pecho y cerró los ojos. Las lágrimas rodaron por sus mejillas. Había llorado cuando estaba dormida y ahora lloraba al estar despierta, y ambas veces le dolía igual. Se sentaron en silencio por un rato. Sandra le acarició el cabello a Adelina. Hacía mucho tiempo que nadie la acariciaba de una manera maternal.

Hubieran estado ahí más tiempo si alguien no hubiera tocado la puerta. Sandra fue a abrir. Era José Alberto.

—¿Puedo hablar con Juana?

Adelina se enderezó en el sillón y miró la puerta. Lentamente se puso de pie, pero no hizo ningún intento por dar un paso. Se quedó pegada al piso.

—Siento molestarte —dijo José Alberto—. Pero necesito hablar contigo.

Adelina notó la palidez del rostro de José Alberto y sus ojos hinchados, como si hubiera estado llorando. Se preguntó qué le pasaba.

—No me estás molestando —dijo Adelina—. Ven, siéntate.

Sandra se disculpó y fue a la cocina a preparar bebidas. José Alberto se quitó la mochila que cargaba sobre el hombro y se sentó al lado de Adelina.

Cuando volteó a mirarla, Adelina miró sus ojos en forma de lágrimas, y no pudo contener el llanto. Empezó a llorar otra vez.

Su madre estaba muerta y él nunca lo sabría.

—Oye, ¿qué tienes? Dime, ¿qué es lo que pasa?

José Alberto tomó la mano de Adelina. Ella la apretó fuertemente. Tenía miedo de que si lo soltaba él también desaparecería de su lado.

—Está muerta —dijo ella.

—¿Quién?

—Mi mamá.

José Alberto movió la cabeza, incrédulo.

—¿Pero cómo? Cuándo?

—Anoche. Tuvo un ataque al corazón.

José Alberto se recargó en el sillón y movió la cabeza otra vez.

—No lo puedo creer. Tengo miedo de pensar que tal vez yo fui el culpable.

—¿Por qué dices eso? —preguntó Adelina secándose las lágrimas.

—Tal vez estaba en *shock*. Tal vez fue demasiado para ella creer que yo era su esposo. No debería haber dejado que ella lo pensara.

—No, no digas eso. Ella lo necesitaba. Ella necesitaba creer que mi padre había vuelto a ella. Creo que eso era lo que estaba esperando para poder morir en paz.

José Alberto cerró los ojos por un momento. Adelina quería poder leerle el pensamiento.

—¿Cuándo vas a reclamar el cuerpo? —preguntó él después de unos minutos.

—Me iré en una hora, después de que prepare mis cosas.

José Alberto la miró y le dijo: —Iré contigo.

Adelina no quiso mirar el cuerpo de su madre antes de que lo mandaran a incinerar. No quería que la imagen de su madre muerta borrara todos los recuerdos que guardaba en su mente, los recuerdos de cuando su madre era joven. Antes de las inundaciones. Antes de que Anita se ahogara. Antes de que don Elías entrara en sus vidas.

José Alberto sí fue a mirar a Amá. Adelina se preguntó por qué lo había hecho. Era como si él pudiera percibir el lazo de sangre que lo unía a ella. Cualquier otra persona no se hubiera molestado en acompañarla hasta Chilpancingo. Adelina tuvo que admitir que doña Matilde había inculcado en él todos los valores que Amá quería que su hijo tuviera.

Las cenizas de Amá fueron guardadas dentro de una caja pequeña de estaño. José Alberto la llevaba en las manos, mientras Adelina llevaba la caja de madera donde guardaba las cenizas de su padre.

Se quedaron en un hotel pequeño en el centro. Adelina no podía dormir. Se preguntaba si José Alberto, que estaba en el cuarto al otro lado del pasillo, estaba dormido.

Su hermanito.

Lo que daría por poder llamarlo hermano aunque fuera una sola vez. Lo que daría por poder abrazarlo, escucharlo llamarla hermana. Hubiera dejado el orgullo y el coraje a un lado, y lo hubiera mecido cuando nació, le hubiera cantado, lo hubiera abrazado fuertemente. Pero ¿cómo iba ella a saber que don Elías vendría a quitárselo?

Alguien tocó a la puerta levemente.

—¿Quién es? —preguntó Adelina en la oscuridad. Se estiró para encender la lámpara sobre la mesita de noche.

—Es José Alberto.

Adelina se bajó de la cama y se dirigió hacia la puerta.

—¿Te desperté? —preguntó José Alberto.

Adelina negó con la cabeza. Le indicó que entrara y cerró la puerta.

—No puedo dormir —dijo ella.

—Yo tampoco.

Se sentaron en la cama. José Alberto se miró las manos, como si estuviera pensando en lo que iba a decir.

—Yo sé quién eres —dijo finalmente.

Adelina tomó el cobertor y lo apretó. Sintió un nudo formársele en la garganta. —¿Qué quieres decir?

José Alberto volteó a mirarla y dijo: —Yo sé que tú eres mi hermana. Yo sé que las cenizas que están en esa caja de estaño le pertenecen a mi verdadera madre y que el esposo que ella estaba esperando era mi padre. Eso es lo que quiero decir.

Adelina se puso de pie y recogió su rosario blanco de la mesita de noche y empezó a acariciar las cuentas.

—¿Quién te lo dijo?

—Antonia.

—¿Fuiste a buscarla?

—Sí, lo hice.

Adelina fue a pararse en la ventana. A través de las cortinas entreabiertas podía ver la luna asomándose por las ramas de un árbol.

—Y ¿por qué hiciste eso?

—Porque quería saber la verdad. Porque cada vez que te miro sé que hay algo que me quieres decir, pero no te atreves a hacerlo. —José Alberto se puso de pie y fue al lado de Adelina—. Yo veo la manera que mi... doña Matilde actúa en tu presencia y la manera en que tú eres con ella. Ustedes dos se conocen. Cuando hablan, hay muchas cosas que no son dichas, pero que ustedes saben interpretar en el silencio. Y también está tu madre.

—¿Por qué ella?

—Ella me confundió por su esposo y me llamó Miguel. Sólo una persona me había llamado así por error.

—¿Quién?

—Antonia. Yo tenía diez años, pero todavía lo recuerdo. El nombre se le escapó de la boca, y cuando le pregunté me dijo que era porque le recordaba a su compadre Miguel, a quien no había visto en mucho tiempo.

—Y ¿qué te dijo ella cuando la fuiste a ver? —Adelina nerviosamente frotó cada cuenta del rosario, rezando un Padre Nuestro en voz baja.

—Me dijo lo que recordaba de nuestra madre, de ti, de nuestro padre. Me dijo lo que don Elías le había hecho a nuestra madre.

Adelina caminó de regreso a la cama y se sentó.

—¿Te dijo lo de Anita?

—Sí.

—Ella perdió a su hija por mi culpa.

—Juana —dijo José Alberto al ponerse de pie ante ella. Se hincó y la tomó de la mano. —No olvides que gracias a ti ella recuperó a su hijo.

—Siento mucho la forma en que te enteraste.

—¿Pensaste que era mejor que no lo supiera?

Adelina asintió con la cabeza.

—Tú eres mi hermana.

Adelina sintió las lágrimas acumulándose en los ojos.

—Sí, lo soy. Y tú eres mi hermano —dijo ella—. Mi hermanito y siempre te he querido.

José Alberto inclinó la cabeza sobre las piernas de Adelina. Ella sintió el cuerpo de él temblar antes de que los dos empezaran a llorar.

No regresaron al pueblo. Adelina había decido que viajarían hacia Acapulco.

—Y ¿para qué quieres ir allá? —preguntó José Alberto.

—Para llevar a mi madre a ver el mar.

Amá nunca había visto el mar en persona, pero tan siquiera en su muerte lo vería. Sentiría el aire acariciarle el cabello. Sentiría el agua fresca recorrerle las piernas, sentiría el sabor salado del agua en sus labios. Esto era lo último que Adelina haría por su madre.

Esperaron a que el sol bajara unos centímetros del horizonte. Se colocaron en una roca directamente sobre el agua. Adelina miró las olas chocar contra las rocas. La puesta del sol proyectaba un brillo rojizo en el agua. Ella miró directamente al sol.

Ya había perdido su fuerte resplandor y no le lastimaba los ojos.

—¿Estás lista? —preguntó José Alberto.

Adelina asintió.

Elevaron las cajas que contenían las cenizas de sus padres. Adelina sostenía la caja de madera y José Alberto la de estaño. Rezaron un Padre Nuestro y un Ave María. Después, ambos empezaron a decir sus propios rezos, pero no los rezos que habían aprendido de niños, sino rezos que brotaban de sus emociones. A través de sus rezos les decían a sus padres todo lo que sentían en sus corazones. Luego, cuando terminaron, Adelina y José Alberto se acercaron a la orilla de la roca. Voltearon las cajas y dejaron que las cenizas de sus padres flotaran, posándose en el agua.

Adelina sacó el rosario blanco de su bolsillo, lo elevó frente a ella, y luego lo dejó caer al agua espumosa. José Alberto caminó hacia donde estaba la mochila que había dejado en el piso y la recogió. Sacó un bulto enrollado en periódico.

—Tengo algo para ti —dijo él mientras lentamente desenvolvía el bulto que tenía en la mano.

Cuando se lo mostró, Adelina lanzó un grito apagado al mirar el círculo perfecto hecho de porcelana, adornado con lilas moradas y mariposas rosas.

Era su plato. El último plato que había quedado de la vajilla de su madre. El plato que Amá no logró tirar contra la roca el día que se había entregado a don Elías. Adelina lo había olvidado.

—¿Dónde lo conseguiste? —preguntó ella.

—Antonia me lo dio.

—Pero ¿de dónde lo sacó ella?

—Mamá se lo dio un día. Le contó lo que había hecho con los demás y quería guardar uno para ti, así que se lo dio a Antonia para que lo cuidara.

—Me sorprende que Antonia no lo haya tirado a la basura. Ya no le quiso hablar a Amá cuando se enteró que ella estaba embarazada, pensando que el hijo era de don Elías.

—Me dijo que no lo pudo tirar. Lo guardó, como había prometido.

José Alberto le entregó el plato a Adelina. Ella lo tomó y lo sostuvo en sus manos. La vajilla iba a ser un regalo para Adelina el día en que se casara.

«Nos dio a tu padre y a mí buena suerte, Juana. Hemos tenido un buen matrimonio», Amá solía decirle cuando hablaba de la vajilla.

—Es tuyo, Juana —dijo José Alberto—. Es tu herencia.

Adelina respiró la esencia del mar. El olor le recordaba a Sebastián.

Él le dijo que la esperaría.

Juana volteó a mirar la luna fantasmal que ahora se estaba preparando para empezar su nueva jornada a través del cielo. Respiró profundamente y sintió el agua rociarle las piernas al chocar de las olas contra las piedras.

agradecimientos

Quiero agradecer a todas las personas que me ayudaron a convertir esta novela en una realidad.

Gracias al programa de Emerging Voices Rosenthal Fellowship por ayudarme a crecer como escritora.

Le estoy especialmente agradecida a mi mentora y maestra María Amparo Escandón por todas sus sugerencias y consejos.

A Jenoyne Adams, mi agente maravillosa, por creer en esta novela cuando aún no estaba terminada.

Ibarionex Perello, por leer el manuscrito en sus varias etapas y darme buenas sugerencias.

Le estoy muy agradecida a mi maestra y amiga, Diana Savas, por darse cuenta de mi talento como escritora y por guiarme al camino de la escritura.

Le doy gracias a mis maestras y maestros de escritura, especialmente a Micah Perks y al departamento de literatura en la Universidad de California, Santa Cruz.

A todos en Atria Books, especialmente a Malaika Adero,

Krishan Trotman, Johanna Castillo y Melissa Quiñones por sus esfuerzos en hacer que este libro llegara a las manos de los lectores.

Gracias a Cory por escucharme siempre cuando necesitaba hablar sobre la novela, por hacerme preguntas, por empujarme a seguir adelante, y simplemente por estar ahí en cualquier momento que te necesitaba.

Por último, le quiero dar un millón de gracias a mi querida amiga y maestra de español, Marta Navarro, por toda su ayuda en editar el manuscrito. Eres una persona muy especial en mi vida.